沈石溪

十二生肖故事 龙蛇马羊

沈石溪 主创

中国出版集团
现代出版社

图书在版编目（CIP）数据

沈石溪十二生肖故事. 龙蛇马羊 / 沈石溪主创. —北京 : 现代出版社, 2017.7（2021.6 重印）
ISBN 978-7-5143-5911-4

Ⅰ. ①沈… Ⅱ. ①沈… Ⅲ. ①儿童小说—短篇小说—小说集—中国—当代 Ⅳ. ①I247.7

中国版本图书馆CIP数据核字（2017）第065874号

沈石溪十二生肖故事. 龙蛇马羊

作　　者	沈石溪
责任编辑	张　霆　魏　巍　王志标
出版发行	现代出版社
通讯地址	北京市安定门外安华里504号
邮政编码	100011
电　　话	010-64267325 64245264（传真）
网　　址	www.1980xd.com
电子邮箱	xiandai@vip.sina.com
印　　刷	永清县晔盛亚胶印有限公司
开　　本	890mm×1240mm 1/32
印　　张	9
版　　次	2017年8月第1版　2021年6月第4次印刷
书　　号	ISBN 978-7-5143-5911-4
定　　价	39.80元

前　言

本套书是沈石溪精心为孩子准备的最好的成长礼物，本套书由著名少儿文学作家、动物小说大王沈石溪创作，中国出版集团现代出版社出品。十二生肖是中国传统民俗文化重要组成部分，国家和学校近年来大力提倡孩子继承和学习优秀的传统文化知识。这些文化是中国数千年沉淀下来的智慧结晶，深刻反映各民族的风俗习惯、思维模式、道德观念、审美情趣等，承载和传递着民族的血液和精髓。因此，让孩子学习和了解这些文化知识对其成长大有裨益！

十二生肖，作为一种古老的民俗文化符号，有着几千年的悠久历史。十二生肖的起源与人类对动物的崇拜有关。在人类的历史上，人与动物有着密不可分的关系。人与动物共同生活在这个世界上，古人发现许多动物身上拥有人类所不具备的特殊性能，比如有的动物会飞、有的跑得快，有的嗅觉灵敏，这些令古人崇拜不已。古人观察不同动物的优点并加以驯养，使其完全融入人类的生活中，这样便使古人产生了强烈的认同感，同时，也创造了众多动人的生肖传说。

民间对十二生肖有着根深蒂固的观念，并以代代相传的方式，烙印于人们的思想之中，深深地影响着人们的生活。十二生肖，又叫属相，即人们所生年份的十二生肖：它由十二种动物同十二地支相搭配，组成了子鼠、丑牛、寅虎、卯兔、辰龙、巳蛇、午马、未羊、申猴、酉鸡、戌狗、亥猪一系列年份。哪一年出生的人，哪一种动物就是他的属相。同时，十二生肖也是一种古老华夏的纪年法，又称天干地支纪年法，通过不同的组合共120种，每60年一循环，沿用至今。

沈石溪老师创作的动物小说，通过深入到动物的内心世界的细节描写和精妙绝伦、跌宕起伏的情节设置，刻画出一个个栩栩如生的动物形象，读来扣人心弦、震撼人心。令人赞叹自然与生命神奇，同时揭示动物们不为人知的丰富多彩的世界。面对传统的十二生肖动物，沈石溪老师的创作别出心裁，颠覆了小读者的认知，带给小读者一场奇妙的冒险之旅与想象力的饕餮盛宴！

本套书内涵深刻、富有哲理，是集故事性、趣味性和知识性于一体的少儿文学读物，本套书精选了沈石溪20余篇最为经典的动物小说，并在每篇故事后面罗列出相关的扩展知识。内容涵盖动植物、传统文化、人文地理、艺术神话等多个领域，让孩子开阔视野，感悟世界，在读故事的同时又能轻松学习传统文化知识，非常适合孩子阅读。

——编 者

目　录
Contents

龙

缺陷——恐龙进化的故事

本篇故事发生的地质时代是中生代的侏罗纪，距今一亿多年；本篇故事的“主人公”叫晶，是当时众多恐龙家族里身材最娇小的一种恐龙，究竟属什么纲、什么目、什么科不得而知；为动物分类并命名是人类做的事情，那时候这颗蔚蓝色的地球上还没有人类，人类要一亿年以后才出现。

晶蹲在银杏树洞口，用忧郁的眼神望着正在枝丫间蹒跚学步的品、磊和淼。品、磊和淼是晶四个月前孵化出来的一窝小宝贝。像一切孱弱的母兽一样，晶十分担心自己小宝贝的命运；弱肉强食的大林莽里，每时每刻都可能发生血腥的屠杀。

小宝贝们长得实在太弱小了。它们的身体就是发育到顶，也只有在侏罗纪时代称王称霸的科摩盗龙的卵一半大，只抵得上梁龙的一点儿尾巴尖。这是一个靠发达的四肢、锋利的牙齿和尖锐的指爪求生存的时代，庞大的恐龙横行天下。晶这样的弱小种族只好小心翼翼地躲在树上过日子；即使整天待在树上，危机仍接踵而来，那些身手矫健的小盗龙、北票龙、鹦鹉嘴龙会瞪着贪婪饥馑的眼，顺着树干爬上来，毫不客气地把晶这样的小生命一口吞食掉。

蛮荒世界，没有公理。不是我吃掉你，就是你吃掉我。弱小就意味着被吃。

晶对自己的种族十分失望。好像还嫌体格娇小得不够，颌下的牙齿蜕化得稀松酥软，无法进行有效噬咬，给天敌构成威胁；嘴巴虽然角质化，出现了类似喙这样的器官，但只能啄开新鲜的浆果；两条前肢也越来越萎缩，四根指爪只剩下三根叉状软骨，既无法在搏斗中撕扯，也不能在觅食时攫抓，前爪的原始功能基本退化，只在爬树时还勉强能拉住粗糙的树皮；在前肢部位靠近肩胛的地方，莫名其妙地长出两块S形的骨骼，宽大薄脆，能遮盖半个身体，既不能作防卫武器，也不能当猎食工具，反而使灵巧的身体变得笨拙，走起路来左右摇晃难以保持平衡，严重影响奔逃速度；最要命的是，肩胛那两片宽大薄脆的骨骼上还长出厚厚一层毛来，那毛也长得特别，不像别的动物身上的毛那样丝丝缕缕呈细线状，而是一片一片像细长的树叶，层层叠叠覆盖着。那时候，地心翻腾的岩浆不断释放着热能，太阳高悬空中，整个地球像只还未冷却的烤箱，天气炎热，根本不需要这层层叠叠的毛来保温护暖；那骨骼、那毛不仅毫无用处，还成了负担和累赘，尤其是那毛，色泽艳丽，红黄蓝绿，格外醒目，极易成为凶猛的食肉恐龙捕猎的目标。晶的许多同类就是因为肩胛上那层五颜六色的讨厌的毛，而招来杀身之祸的。

脑袋与身体的比例也十分不协调。瞧那些在地球上横行霸道所向披靡的科摩盗龙、梁龙和雷龙，头与身体相比非常小，大约是身体的二万五千分之一或五万分之一；而晶的种族，头的体积和重量大约占身体的十分之一。脑袋是个脆弱的器官，对远古时代的动物来说，大了并非好事，不仅易受伤害，还会饱受感觉敏锐的苦楚。像科摩盗龙、梁龙和雷龙这些庞然大物，因脑袋比例小，反应很迟钝，如果一块石头砸在科摩盗龙的尾巴上，要过十秒钟，它才感觉到疼；而晶的种族，别说石头砸在身上了，一片树叶落下来，都会令它们惊恐不安，光听到天敌吼叫，就会令它们害怕得瑟瑟发抖。在一个你死我活的生态环境里，感觉迟钝不是贬义词，而是一种运气，一种优势，一种造化，一种特异功能。要敏锐的感觉干什么？徒增烦恼与痛苦而已！

不仅生理构造方面有缺陷，性格上的缺陷尤为严重。恐龙之所以能成为这颗星球的霸主，除了身体庞大外，很关键的一条在于性格残忍，精神世界麻木不仁；恐龙身上没有友谊和亲情，即便母子之间，也没有养育关系；小恐龙从蛋壳里钻出来，几分钟后就会觅食；因此恐龙长大后，没有多余的感情，也没有任何精神束缚，无所顾忌，用强健的体魄巧取豪夺，占据更大的地盘、更多的食物。晶所属的种族在这方面就差得远了。后代生下来时太脆弱，全身光溜溜的，连眼睛也睁不开，要没母兽守护在身边，一天也活不下去，一只小小的鹦鹉嘴龙都可以毫不费力地把它们吞吃掉；子兽的喂养期长达半年，这期间，母兽呕心沥血，没日没夜地冒着风险外出觅食时，还要将小宝贝的粪便含在嘴里搬运到远离巢穴的地方扔掉，以免粪便的气味引来凶恶的天敌。这艰辛而又甜蜜的养育过程，导致母子双方交叉感染上一种谁也离不开谁的黏黏糊糊的情感，比如晶，外出觅食时，心里老惦记着留在窝里的三个小宝贝，牵肠挂肚，忐忑不安；而品、磊和淼，只要晶一离窝，便急切地盼望它早早归来，它的身影在巢穴前一晃动，它们便会叽叽呀呀地欢叫，钻到它腹下撒娇。

这种谁也离不开谁的黏黏糊糊的情感是有毒的、危险的，曾经有个名叫蕊的母兽，抚养着莎和薇一对小宝贝。一天，蕊外出觅食，一只鹦鹉嘴龙闯进蕊的窝，吞食了毫无防卫能力的莎和薇，蕊回来后，肝肠寸断，守在空窝边不吃不喝，悲鸣泣号，几天后也死去了。假如换了情感淡漠的恐龙类，绝不至于发生这样惨不忍睹的殉葬悲剧。

在一个生存竞争十分激烈的环境里，情感细腻无疑是作茧自缚，情感丰富无疑是能量浪费，是致命的缺陷。

晶不明白自己的种族怎么会在如此凶蛮的世界里退化成现在这个样子；它断定身体的弱小和变异，情感的细腻和丰富，都是一种明显的退化。也许，造物主造出它们这个种族来就是为凶恶的食肉兽充当食物的。

唉，弱者要想活下去，委实太难了。

晶愁肠百结，抬头望望天空，天空碧蓝如洗，空旷寂寞，只有几片黄叶在风中飘旋。

银杏树是罕见的分性别的树种，雄株和雌株共生共长，长相厮守。一亿年以后，中生代侏罗纪的绝大部分植物都被埋进地下成了化石，唯独银杏树却奇迹般地活了下来，被人类称为活化石。

晶的窝搭在雄株银杏树上，不远处有一棵雌株银杏树，树洞里住着鑫和它的一对小宝贝。晶一家和鑫一家是邻居，相处得很友好。鑫的那对小宝贝比晶的三个孩子早十几天孵化出来，一个叫森，一个叫矗；此刻，鑫正忙着训练森和矗怎样在银杏树扇形叶片下和树枝涡旋状的节疤里寻找啄食斑点蠕虫。

明丽的阳光下，鑫的一家子在枝繁叶茂的银杏树上东奔西走。

突然，离雌雄两株银杏树不远的一片树蕨丛无风自动，传来稀里哗啦的声响，晶警觉地从树洞探出头，透过树叶的缝隙望过去，吓得浑身打战，一条科摩盗龙正瞪着饥馑的小眼珠，朝这儿走来。这条科摩盗龙长十三四米，浅灰色的身体，尾根两侧靠近臀部的地方有两块状如圆月的黑色斑纹，或许可给它起个诨名叫黑臀科摩盗龙；遍地蔓生的蕨类植物被黑臀科摩盗龙齐崭崭压出一条甬道来。

晶急忙将在树枝上蹒跚学步的品、磊和淼拽进树洞；幸亏三个小家伙都没跑远，就在离树洞咫尺之遥的一根横杆上，一眨眼的工夫就都隐蔽妥了；晶还用嘴将两片树叶移过来盖住洞口；母子四个紧紧挤在一起，连大气也不敢出。

同时，对面雌株银杏树上的鑫也发现危险正在逼近，欲把两个小宝贝拽进树洞躲藏，但恰巧这时候森和矗爬到左侧树梢找食去了；左侧树梢离树洞有好几丈远，鑫慌慌张张赶过去，正把森和矗往树洞拽的时候，黑臀科摩盗龙已来到雌株银杏树下；鑫更乱了方寸，心急火燎，蹬落了几块树皮，正好掉在黑臀科摩盗龙的脑壳上；唉，乱中出错，没乱了天敌，反而乱了自己。

十秒钟以后，黑臀科摩盗龙感觉到树上有动静，抬头望了望，丑陋的脸上浮现出狰狞的表情，随后便开始攀爬树干。

科摩盗龙是侏罗纪最凶悍的食肉类恐龙，别看它体态庞大，走起路来显得有点笨拙，但捕捉躲藏在树冠里的猎物时却相当灵巧；科摩盗龙强有力的尾尖支在地上，粗壮的四肢紧紧抠住树干，竖起十几米长的躯体，长长的脖颈伸向躲避在树梢的猎物，锋利的牙齿一下就可以结束猎物的性命。

黑臀科摩盗龙臭烘烘的大嘴伸向惊慌失措的鑫和它的两个小宝贝。鑫蹲在树丫上，用牙齿早就退化了的嘴喙和萎缩得早就变了形的前爪，朝黑臀科摩盗龙啄咬撕扯。弱小的鑫与强悍的科摩盗龙搏斗，无疑是以卵击石。晶躲在对面的雄株银杏树上看得很真切，鑫肩胛上那层五彩的毛蓬松奓立，它尽量膨胀自己的体形，虚张声势地叫嚣着；在实力相差悬殊的黑臀科摩盗龙面前这样做，显得很滑稽可笑。晶心里很明白，鑫这样做，绝不是想入非非以为能吓唬住或制止住黑臀科摩盗龙行凶作恶，而是想争取时间，掩护森和矗赶快逃命。鑫用自己的身体挡住森和矗，拼命扇动肩胛那两片薄脆无用的骨骼，它的用意十分明显——让身后的两个小宝贝趁机钻进茂密的树叶，然后顺着树枝爬到毗邻的树上去。大林莽里的大树一棵紧挨着一棵，树冠上枝丫交错，连成一气，是很容易让恐龙从这棵树爬到另一棵树上去的。黑臀科摩盗龙望着胆敢与它厮杀的鑫，露出惊诧的表情，惊诧小小的鑫怎么会如此不自量力，要等到惊诧的表情换成愤怒的表情，它才会张开巨口去咬鑫；科摩盗龙反应迟钝，一种表情转换成另一种表情，起码要十秒钟时间；这段时间足够森和矗逃跑了；死一个总比死三个要好，逃掉一个算一个，这是最明智的选择了；鑫用血肉之躯迟滞黑臀科摩盗龙的行动，目的也就是在危急关头给宝贝创造一个生的契机。

机会转瞬即逝，理应迅速把握！

可是，森和矗不仅没抓住有利时机转身逃命，反而朝前爬了两步，和鑫贴在一起，也向黑臀科摩盗龙张牙舞爪呦呦叫嚣；唉，小傻瓜啊，你们那娇小的身体、稚嫩的爪牙怎奈何得了穷凶极恶的黑臀科摩盗龙？别说你们三个，即使三十个，还不是黑臀科摩盗龙的口中食、腹中餐！何必要死在一起，赶快逃吧！

鑫用肩胛上那两块薄脆无用的骨骼猛烈推搡拍打着森和矗，竭力想在最后一秒钟改变全家死在一块的可悲局面，遗憾的是，森和矗还贴在鑫的身边不走，拆不散也折不断，天哪，怎么办？

十秒钟很快过去了，生的机会白白溜走了。黑臀科摩盗龙的小眼珠里喷出愤怒的光焰，长长的脖子朝前一个耸动，一口咬住鑫的身体；鑫小小的脑袋从黑臀科摩盗龙牙缝间抻出来；晶在对面的雄株银杏树洞里看得很清楚，鑫两只眼睛像要从眼眶里蹦出来，凝望着苍茫的天穹，上腭和下腭严重错位，整个脸扭曲变形，痛苦异常，发出一声撕心裂肺般的长啸。随着啸叫声，嘴里喷出一片殷红的血花，这是泣血悲鸣，这是血的控诉！

晶也是母亲，完全能体味和理解在生命行将结束的最后一瞬间鑫悲苦的心境。这不是身体被锋利的牙齿噬咬住后肉体的痛苦，而是对自己所属的种族彻底绝望及信仰被摧毁后的灵魂的痛苦。鑫是在责问老天爷，控诉造物主，为什么给了弱的身体，还要追加弱的心灵？为什么给了强的身体，还要追加强的品性？

鑫一定在生命的最后时刻追悔莫及：假如在漫长的抚养期里没和小宝贝培植太浓太深太稠的有毒有害的情感，小宝贝或许就不会舍不得弃它而去。

黑臀科摩盗龙腭部蠕动了一下，便把可怜的鑫囫囵吞进肚里去了。

森和矗还犯傻似的待在黑臀科摩盗龙的巨口前，既不躲避，也不逃命，抻直脖子发出一声声悲鸣；它们沉湎在母亲不幸丧生的巨大痛苦中不能自拔；它们的心和母亲的心勾得太紧、系得太紧、连得太紧、贴得太紧、粘得太紧，已无法及时割开了。

这倒方便了黑臀科摩盗龙，就像送到嘴边的甜点心，不用追逐，不用捕捉，甚至不用挪动身体，省心省力，轻松愉快，吃了一个再吃一个，一串一串地吞进肚。吃完后舔舔舌头咂咂嘴，大模大样地走了。

晶决心要重塑品、磊和森的品性。

晶觉得与其说森和矗是死在凶恶的黑臀科摩盗龙手里，还不如说是死在自己性格的缺陷下更确切些。母子间的亲情像一条无形的绳索，不仅捆住了森和矗的身体，还捆牢了森和矗的灵魂，使鑫一家子像捆扎好了的一串甜点心，让黑臀科摩盗龙吃了个精光。

晶不能让鑫一家的悲剧在自己窝里重演；它不能让食肉恐龙把它的三个宝贝也当捆扎好了的甜点心一串串地吞食掉。

晶知道，无论自己如何努力，要改变自己种族的生理构造，弥补身体缺陷，是不可能的。它无法把小家伙肩胛上那两片薄脆无用的骨骼动外科手术切割下来，也无法将萎缩的爪重新变得锋利，将蜕化的牙重新变得锐利；无论它怎样给小家伙喂食，也无法使小家伙娇小玲珑的体态变得强健粗犷。它曾试着把小家伙身上那层五彩缤纷极易成为捕猎目标的长毛一根根拔掉，但没过多久又照样长了出来，且比原先更茂密、更艳丽。生理上的弱小是无法逆转的，但是，精神上的弱小是可以改变的，性格上的缺陷是可以弥补的。身体弱小再加上精神弱小，就是双重弱小；生理缺陷再加上性格缺陷，就是双重缺陷，必然会引发双重灾难，导致双重悲剧。但如果精神强悍了，性格完美了，就能淡化弱者的劣势，减轻弱者的灾难。

晶要在品、磊和森身上塑造一种能适应大林莽弱肉强食法则的新品性。具体地说，就是要去掉那股在关键时刻会束缚住灵魂的无形绳索，把丰富的感情稀释得乌有，把细腻的情感磨砺得粗糙。大林莽需要狠毒无情，需要麻木不仁。

改变一个生命的行为方式，最有效的办法莫过于用食物来诱导了。晶叼来软体小虫，不再像过去那样顺着次序喂食，而故意将小虫高悬在三个小家伙的头顶，摇晃着、诱惑着。小家伙们在饥饿的催逼下，头伸得老长，跃动着，蹿跳着，想吃到这美味佳肴。晶偏不给，长时间逗引。饿极了的三个小家伙互相挤兑，你推我，我搡你，你轧我，我啄你，争斗抢夺。这很好，晶心里十分满意，争斗抢夺理应是“人”生的第一课；草和草抢夺阳光，树和树抢夺养料，一切生命都靠力量抢夺生存权。在争抢食物时，品表现得尤为出色，品总是用后爪踩住磊的背，用两只萎缩的前爪掐住森的脖子，把它们全都压制在自己身下，一口啄走晶嘴里的小虫。

这叫巧取豪夺，大林莽赞美这种作风。

磊和森也不甘示弱，几次眼瞅着品独享食物，急眼了，一起扑到品身上又撕又咬，把小虫从品的嘴里又抢出来，然后磊和森转眼间又由盟友裂变成对手，互相噬咬争抢。银杏树洞里一派乌烟瘴气。

这才是磨炼胆魄的最佳环境。

没多久，小家伙们就变了，不再互相依偎成团，也不再互相叽叽喳喳唱友爱的歌，它们明亮活泼的眸子变得阴沉呆板，在小小的树洞里东南西北各自占据一隅，睡觉也睁着一只眼睛，像防贼似的互相防备着，那冷酷的眼神，恨不得把对方给生吞活剥了。同胞间虚伪的情谊被涤荡得一干二净。

心血没有白费，成效还算是显著的，晶想。

晶着手强化孩子们灵魂深处已萌发的那种你死我活的竞争意识。光停留在同辈之间的竞争是远远不够的，还应该学会用冷漠的眼光看母亲，看洞外的大林莽，看整个世界！它要让孩子们学会，紧急关头，毫不踟蹰地弃母亲而去。鑫一家子的悲剧给晶留下的教训太深刻了，它有一种预感，总有那么一天，类似的大祸也会降临到自己和三个小宝贝头上，为了能让孩子们逃过劫难，它一定要割断由于长时间孵化喂养而形成的母子亲情。

第一步，就是要疏远，要让亲密无间变成隔阂鸿沟。

晶不再让孩子们钻到自己肩胛下来亲昵耍闹，也不再温柔地替它们梳理背上的毛，除了必要的喂食外，晶不再和它们有任何接触。那天下午，天降暴雨，霹雳落在银杏树梢，发出震耳欲聋的巨响。淼是雌性，又是三个孩子中最后一个钻出蛋壳的，身体更弱些，胆子也更小些，它被雷声吓坏了，叽叽叽惊恐地叫着，从角隅扑向晶，企图钻到晶肩胛那两片宽大薄脆的骨骼底下去；以往天上打雷时，小家伙们总是把母亲肩胛上那两片微微拱起的骨骼当保护伞，习惯成自然了。这不行，晶想，假如不是打雷，而是食肉恐龙在吼叫，淼也来往它胁下钻，岂不成了捆扎成一串的甜点心？它狠起心肠，用肩胛上那两只萎缩的前爪粗鲁地将淼推开。淼不知是平时娇宠惯了，还是真的被雷霆吓破了胆，被推开了又贴上来，在晶身边绕来绕去，削尖脑袋拼命朝晶的胁下钻；暂时还缩在角隅的品和磊，情绪也受到感染，也蠢蠢欲动想往晶的怀里钻。晶怒不可遏，跳起来，用强有力的后爪在淼身上猛烈蹬踢了一下，淼尖叫着在洞里打滚。品和磊也委屈地呜咽起来。一瞬间，晶心软了，孩子们到底年纪尚小，需要慰藉，需要保护；它差不多已将肩胛上蔓生出来的两片宽大的骨骼撑张开，准备用母性温柔的怀接纳惊慌失措的淼；可突然间，鑫一家的厄运重现在晶脑子里，它现在恢复慈母形象，不是在爱孩子们，而是在害孩子们；为了让小家伙们在大祸临头时能毫无顾忌地各自逃生，它此刻应当扮演恶魔的化身，现在正是剪断将母与子捆扎成串的无形绳索的最好时机；它不能妥协，妥协将使孩子们旧病复发；一切为了生存，它心底的怜悯迅速冷冻成冰一样的坚毅。

它在淼的背上狠狠啄咬。它口腔里的牙齿虽已退化成一排软骨，但嘴喙已角化成硬壳，啄咬起来还是很厉害的。只两下，淼背上便毛片飘零，鲜血淋漓。淼嗷嗷叫着，在树洞里抱头鼠窜。晶仍不罢休，继续穷追猛啄。天空炸响的霹雳就是穷凶极恶的食肉恐龙，眼下是一场生存预演，它要假戏真做，让孩子们永远吸取教训。

晶无情地啄咬着，淼缩回角隅，委屈地泣鸣。

品和磊见状都识相地退回各自的角隅，不再试图来钻晶的怀里了。

又一个惊雷落在银杏树梢，借着闪电的光亮，晶看见三个小家伙都背对着它，头闷在洞壁上，身体瑟瑟发抖。

它们害怕雷霆，但它们更畏惧严厉的惩罚。

但愿小家伙们从此以后学会遇上灾祸时，不再想着挤成一团来钻母亲的怀，而是要各自夺路逃命。

很快，晶的一家昔日那种温馨的氛围消失得无影无踪，窝里再也没有亲昵的撒娇声，再也没有对母亲的信任与依恋，除了争食时的訾骂与愤怒的啸叫外，窝里无声无息，冷寂得像只冰窖。三个小家伙麻栗色的瞳仁上结了一层冷霜，不管看什么，都是冷冰冰的；眼是心的窗，只有心像冻土层，眼才会结霜。

它们是顺着晶的心愿在重塑品性。

它们是顺着晶的心愿在弥补种族的缺陷。

按理说，晶该高兴，它的愿望正在逐渐成为现实。可不知为什么，它高兴不起来；相反，心情变得很惆怅。过去，当它辛辛苦苦叼来糯滑可口的软体小虫，刚爬回到树洞口，窝里便叽叽呀呀地欢腾起来，小家伙们那热烈企盼的眼光，蜜样的甜；那无限依恋的叫唤、醉心的暖。如今，这一切都荡然无存了。生活好像缺少了点儿什么，好像变质变味了。特别是望着小宝贝们射过来的哀怨的眼光，望着变得像冤家仇敌相聚的战场的昔日温情脉脉的家，它禁不住会觉得惋惜和伤感。

不不，它不能动摇，更不能半途而废。它的努力是有价值的，它想，任何事情要成功，总是要付出一定代价的。比起能生存下去，温馨的家庭氛围算得了什么。有所得，必有所失。生活总有缺憾，不可能十全十美。为了孩子们能平安地活下去，它愿意承担一切牺牲。

一只黄褐色的鹦鹉嘴龙顺着雄株银杏树干往上爬。

这是一种小型食肉类恐龙，身体大约是晶的一倍，生就一张大嘴，喜食像品、磊和森这样还未成年的小动物。较之雷龙和科摩盗龙这样的庞然大物，鹦鹉嘴龙不算太大的威胁，但毕竟是食肉兽，贪婪凶狠，与晶所属的种族是吃与被吃的关系，需要认真防范或躲避。

一般情况下，遇到鹦鹉嘴龙的侵犯，像晶这样的种族会采取以多敌寡的策略：一家子占据在树腰的枝杈上，居高临下，啄咬顺着树干往上爬的鹦鹉嘴龙；鹦鹉嘴龙体态圆胖，爬起树来很笨拙，在笔直的树干上，只有四只爪紧紧搂抱，才勉强不滑落下去，因此，无法腾出爪来反击；鹦鹉嘴龙那张大嘴虽然厉害，但脖颈粗壮，扭动起来不太灵活，很难在树干上进行有效噬咬；鹦鹉嘴龙两只鼓凸出来的大眼睛，对晶的种族来说，是最好的攻击目标；鹦鹉嘴龙一张嘴敌不过几张嘴，在笔直的树干上遇到强有力的反击后，很快会放弃偷食的念头，败退下去。

然而，晶明明看见鹦鹉嘴龙爬上树来了，却没采取任何防御措施。

晶想，倘若它把品、磊和森叫唤到自己身边，同仇敌忾对付鹦鹉嘴龙，母子间和同胞间那股会把彼此的灵魂捆扎成串的无形绳索又要像幽灵般地回来了，它过去的努力就会付诸东流。试想一下，当一家子同心协力对付天敌时，感情还能继续冷漠下去吗？

不能因为一只鹦鹉嘴龙的出现，就让种族的缺陷在孩子们身上重演。

鹦鹉嘴龙一路无阻挡，顺利地爬上树干，爬上横杈；鹦鹉嘴龙到了横杈上，比在笔直的树干上要灵活多了，不仅追撵的速度明显加快，还能像风似的嗖嗖向前蹿跃；鹦鹉嘴龙怪异的脸一派得意，鼓凸的眼馋馋地望着细皮嫩肉的淼，嘴角滴下一线口水，向树洞旁正在晒太阳的淼步步进逼。

淼朝后退缩着，惊恐不安地啸叫着；那叫声像一支支毒棘，剜着晶的心。

晶很清楚，孤单单的淼绝不是鹦鹉嘴龙的对手；淼在横杈上的爬行速度也不及鹦鹉嘴龙；如果它不去干预的话，淼很快就会成为鹦鹉嘴龙的腹中餐。可是，待在树冠另一头的品和磊正望着它，它若上去救淼，这两个小家伙必然也会学它的样子前来助战，这样一来眼下这场危机兴许能化解了，但以后呢？晶这个种族处在大自然食物链的底端，天敌无数，比鹦鹉嘴龙凶悍强大的敌手多得是，如果以后遇着科摩盗龙这样的庞然大物，孩子们也依葫芦画瓢，团结御敌，岂不白白把自己送入敌口！

晶虽然是远古动物，但是对数字的简单概念还是有的，是现在要一个，还是将来赔三个？三减一等于二，三减三等于零。它强忍着心里的悲痛，蹲在原位置没动弹。

宁可牺牲一个淼，也不能让可怕的种族缺陷死灰复燃。

鹦鹉嘴龙朝前频频跃进，很快追上惊慌失措的淼，四肢弯曲，身体前后耸动着；晶有经验，晓得这是鹦鹉嘴龙准备进行扑跃攫捉的前兆。它闭起眼，扭转颈，不忍心看心爱的小宝贝被咬死的惨状，没勇气直面血淋淋的悲剧。

它绝望地等待淼最后那声撕心裂肺的惨叫。

可传入耳膜的，却是一声普通的惊叫。

它睁眼奇怪地望去，银杏树横杈上情况突变，不知什么时候淼已站在下一层树腰的一根嫩枝上了，看模样是在躲避鹦鹉嘴龙噬咬时不小心滑落下去的；算淼的命大，这一跌把性命给捡回来了；肥硕笨拙的鹦鹉嘴龙是绝不敢跳到下面还在晃晃悠悠的嫩树枝去追逐淼的。

孩子，你只要紧紧抱住嫩树枝别乱动，别继续往下跌，你就算安全啦！

晶只顾为淼的侥幸脱险而高兴，忘了自己还处在鹦鹉嘴龙的捕捉范围内；它的视线聚焦在死里逃生的淼身上，忘了该注意鹦鹉嘴龙的下一个动作。

就在晶丧失警觉时，鹦鹉嘴龙已及时调整方位，迅速扑向离它最近的晶。

等晶发觉自己已成为鹦鹉嘴龙的第二个捕捉目标时，想逃，已经来不及了，鹦鹉嘴龙已离它只有一步之遥，最要命的是，它待的这条树枝孤零零地伸向天空，与别的树不相连，无法逃到别的树上去，想在树冠上转移位置吧，退路已被鹦鹉嘴龙封锁。无奈，只好边啸叫边朝后退却，很快，就退到树枝顶端，再也无路可退了。它朝下张望，希冀下面也有条嫩树枝好让它像淼那样跳落下去，不幸的是，下面没嫩树枝可供它落脚，离地面太高，直通通跌下去，非死即伤，难免被鹦鹉嘴龙白捡便宜。

怎么办？好为难。

还没等晶想出脱险之策，鹦鹉嘴龙已蹿跃上来，唰的一下，把晶的一只前爪连同肩胛上那片薄脆的骨骼一起衔进巨嘴里。

晶拼命挣扎，鹦鹉嘴龙四肢紧紧搂抱住树枝，像块顽石，岿然不动。

这是鹦鹉嘴龙独特的猎食伎俩，以静制动，以耐心胜浮躁；别看它入定似的垂着眼帘一动不动，当猎物挣扎得筋疲力尽时，它会突然“醒”过来，毫不费力地咬断猎物的喉管。

晶明白，自己是极难从鹦鹉嘴龙的大嘴里挣脱的；鹦鹉嘴龙全身裹着一层布满小疙瘩的厚韧的皮，就像穿着件铠甲，不怕啄咬；鹦鹉嘴龙身上只有一个部位易受伤害，那就是眼睛，但鹦鹉嘴龙死死咬住它的肩胛，使它的后爪和嘴喙怎么也够不到鹦鹉嘴龙的眼睛。

淼待在树腰下层的嫩树枝上，品逃到树冠与别的树相连的枝丫间，磊的动作最快，竟然已钻进雌株银杏树鑫的旧窝；晶多少有点安慰，自己虽然很快就要死了，但三个小宝贝总算逃过了这场劫难；它喂养它们已达五个月，虽然小宝贝们离正常的成熟期还有一个月，但勉勉强强已能独立生活。最重要的是，它目睹了小家伙们在灾难临头时毫无顾忌地各自逃生，证明在它们身上种族缺陷已基本弥补，再也不会变成一串甜点心了。它死也可以瞑目了。

三个小宝贝从不同的方位目不转睛地盯着它看。它不指望它们赶过来帮它救它，它已毁灭了母子间的依恋和亲情，它们在它的诱导下，感情早已变得粗糙冷漠，不会再把母亲的痛苦当作自己的痛苦了。可它们此时此刻盯着它看，看得它心寒；它们竟然有兴趣欣赏母亲的垂死挣扎！是的，我不会让你们过来救我，但你们至少应该朝我泣鸣一声，或者垂下眼帘扭转头去以示哀悼，也不枉我辛辛苦苦孵化和养育了你们一场。

然而，品、磊和淼谁也没朝它泣鸣，谁也没扭转头去。

罢罢罢，就当它弥补种族缺陷的努力卓有成效，给小家伙们铸就了一副铁石心肠。晶这样自我安慰，可心里还是泛起一片苦涩。

鹦鹉嘴龙紧了紧喉咙，晶肩胛部位火烧火燎般地疼，忍不住发出一声凄厉的惨叫。

淼仿佛听到了召唤，从树腰下层的嫩树枝急急忙忙向晶所在的位置爬来，树冠上的品和对面雌株银杏树洞里的磊，也像突然醒悟了似的赶过来。

不不，你们应当无动于衷地看着我被鹦鹉嘴龙吞食掉！

孩子们不理会它的啸叫，从三个不同的方向围拢来，用稚嫩的爪和喙，向鹦鹉嘴龙猛烈攻击。鹦鹉嘴龙四只爪子虽然厉害，但在树枝上无法施展威力，大嘴虽然可怕，但衔着晶，也无法咬，只好拖着晶，慢慢朝树下退却。聪明的淼爬到鹦鹉嘴龙背上，去啄它鼓凸的眼睛。啄了个正着，鹦鹉嘴龙疼痛难忍，恼羞成怒，张嘴欲咬森；晶趁机从鹦鹉嘴龙的巨嘴里脱出身来，它想：你还想咬我心爱的孩子，让你尝尝瞎眼的滋味；晶用尽生平最大的力气，狠狠朝鹦鹉嘴龙的眼珠啄去；噗，鹦鹉嘴龙眼窝变成一个小黑洞，旋即汪出墨黑的汁和殷红的血。鹦鹉嘴龙失去了沉稳和耐心，爪牙并用，急于反扑，在光溜溜的树枝上失去平衡，咕咚摔下树去。

树枝离地面很高，又恰巧摔在石头上，鹦鹉嘴龙摔得血肉模糊，一命呜呼。

银杏树上，三个小家伙叽叽喳喳欢叫起来，忘乎所以地向晶靠拢来，想依偎在母亲身边庆贺这来之不易的胜利；它们爬到离晶还有半步远的地方，突然想起了什么，不约而同地停了下来，也不再欢叫，怔怔地你望我我望你。

树丫上一片寂静。

晶知道孩子们为什么要停下来。它们一定是想起它这段时间来的冷漠与疏远，怕亲昵的举动会遭到严厉的惩罚才踟蹰不前。

一瞬间，晶理智的堤坝被感情的洪流冲垮了。它爱它们，它需要它们，它离不开它们。它再也控制不住自己，撑开肩胛那两片薄脆的骨骼，摇晃着，召唤着，嘴里发出一串清脆悦耳的啼叫：来吧，孩子！来吧，宝贝！来吧，亲密无间！来吧，温馨甜美！

让冷漠见鬼去吧！

品、磊和森欣喜若狂，一下涌到晶的身边，交颈厮磨，相依相偎。母子间、同胞间的隔阂冰消雪融，心和心又紧紧地贴在一起。

晶温柔地替孩子们梳理背上凌乱的毛，挨个儿摩挲它们的脑袋，尤其对森，更是百般疼爱；它觉得自己欠了森很多很多；它曾粗暴地啄咬过森，还差点把森奉送给鹦鹉嘴龙，它要弥补自己的过失。

银杏树上一片浓情蜜意。晶耗尽心血抑制了一个月的种族缺陷变本加厉地重新出现了。

唉，这缺陷与生俱来，深入骨髓，镌刻基因，渗透血脉，看来是无法更改，也无法消除了。

不久，血光之灾终于降临到晶一家的头上。

那条凶蛮的黑臀科摩盗龙又来了，这家伙大概吃了鑫的一家觉得味道挺鲜美，难以忘怀，就再次光临银杏树。刚巧晶正带着三个小宝贝在树梢练习怎样叼食躲藏在树皮褶皱里的斑点蠕虫，老远就被黑臀科摩盗龙看见了。很快，黑臀科摩盗龙犬牙交错的大嘴就从树叶下冒出来，赫然出现在晶的面前。

晶是母亲，大难临头，理所当然用自己的身体挡住三个小宝贝，一面朝黑臀科摩盗龙虚张声势地嗷嗷啸叫；一面剧烈摇晃身体示意小家伙们赶快逃命。三个小家伙却挤成一团，紧紧贴在它的身后。

那情景，简直就是鑫一家子遇难前的翻版。

晶痛悔莫及，它早就预感到会有这么一天的，它早就预感到鑫一家的悲剧会在自己身上重演。假如它坚持不懈地按既定方针重塑孩子们的品性，假如不是因为可恶的鹦鹉嘴龙破坏了它的计划，此时此刻，三个小家伙早就各自夺路逃命了。

黑臀科摩盗龙美滋滋地咂着舌头，不慌不忙地朝晶伸过嘴来，那模样，简直像是应邀来吃公费宴席，不吃白不吃。

晶无比愤慨，又无比内疚；它恨黑臀科摩盗龙的霸道，更恨自己的严重失误。当初它如果痛痛快快地让鹦鹉嘴龙把自己吃掉，而不是在被鹦鹉嘴龙咬住后发出惨叫，使得孩子们赶过来救它，那差不多已弥补了大半的种族缺陷就不会在孩子们身上死灰复燃，重现弱者原形。现在，那股会把母与子捆扎成串的无形绳索不仅没挣断，反而比过去更坚韧、更牢实了，它无法让三个小宝贝弃它而去，肯定又是送到黑臀科摩盗龙嘴边的一串甜点心。是它害了自己的孩子，是它葬送了它们的锦绣前程。它不是个好母亲。唉，后悔也晚了。

黑臀科摩盗龙漫不经心地朝晶咬了一口，晶猛缩脖颈，黑臀科摩盗龙咬了个空。

晶不是怕死，它早就把生死置之度外了，它也不是幻想能侥幸脱身，遇上像黑臀科摩盗龙这样的庞然大物，是绝无生的可能的。它是不甘心身后的三个小宝贝陪着自己一起死。它希望能想出一个用自己死来换取孩子们生的办法来。哪怕只有一个孩子能逃出魔掌，也是好的。而这样被黑臀科摩盗龙咬住，免不了与鑫一家子同样的结局，一个接一个被吞食干净。关键的关键，是要把母子四个分散开，要把黑臀科摩盗龙的注意力从孩子们身上转移开。突然，它急中生智，想出一个主意来：黑臀科摩盗龙不是盯着它咬吗？它从树上掉下去，也许黑臀科摩盗龙也会跟着到树下来吃它；它从树上失踪了，孩子们也许就会分散逃命；黑臀科摩盗龙下树来吃了它，再攀爬到树上去找小家伙们，要耽误一段时间，或许小家伙们就可以趁机逃掉了。

这当然不算是最好的办法，漏洞不少，最大的漏洞是小家伙们在它从树上掉下去后会不会趁机逃命，它心里一点儿把握也没有，也有可能它掉下树后，三个小家伙仍傻乎乎地在原地挤成一团；但不管怎么说，总比在树枝上等待被一个接一个吃掉要好些；起码，孩子们分散开的可能性是存在的。只要有这种可能性，就值得一试，它已没有时间去想更好的办法了。

它心里很清楚，自己从这么高的树上掉下去，肯定会像鹦鹉嘴龙一样摔得血肉模糊；它不怕，只要能给心爱的小宝贝带来一线生机，它粉身碎骨也心甘。

黑臀科摩盗龙又张嘴朝它咬来了，它猛地一蹬，借着树枝的反弹力，跳到黑臀科摩盗龙的头上，抓咬了一下，以晶的力量，这抓咬用来对付黑臀科摩盗龙如同搔痒；它的目的也不是要给黑臀科摩盗龙什么打击，而是要吸引黑臀科摩盗龙的视线。

它的爪离开了树，它的身体腾空了，并开始往下掉，它这才想起自己在慌乱中遗忘了一个十分重要的细节：黑臀科摩盗龙感觉很迟钝，对外界的变化要十秒钟才会有所反应。也就是说，它从树上往下掉，这过程要延长到十秒钟，黑臀科摩盗龙的注意力和食欲才会跟着它从树上转移到树下去。它就这样往下掉，须臾之间就落地了，黑臀科摩盗龙根本还弄不清是怎么回事呢？这十秒钟之内，黑臀科摩盗龙还按事情变化前的意识行动，朝前噬咬，当然它咬不到晶，却会咬到三个小宝贝。这就是说，它想舍身引开黑臀科摩盗龙，给孩子们创造一线生机，结果却适得其反——更快地把孩子们推上绝路。

这也实在太不划算了！

不不，它不能白白送死，它无论如何也要争取到这可贵的十秒钟。它的爪已脱离了树枝，要想返回去重新抓住树枝是不可能的了，它也没有特异功能，能使个定身法把自己定在空中；它本能地撑开肩胛那两块宽大薄脆的骨骼，拼命扇动，试图以此来延缓自己往下掉的速度。

十秒钟，十秒钟，它愿意用整个生命换取这十秒钟。

它把全部意念、生命和力量都凝聚在两片薄脆的骨骼上，用极高的频率上下扇动，就算会折断骨头，它也在所不惜。突然，它感觉到自己身体发生了奇妙的变化，再不是沉甸甸像块石头似的往下坠，而是变得十分轻盈，像片树叶似的被风托住；它发觉自己肩胛两片薄脆的骨骼上那层五颜六色的长毛下灌满了山风，向上鼓起一个穹形，产生了一股升力，使自己在空中比在树上更平稳；它发觉每摇动一下肩胛，身体下便会生出一股风，送它向前；一股强气流吹来，把它吹出老远，它轻轻摆动一下尾巴，身体便灵巧地掉转了方向，比在树上要灵活敏捷得多了。

晶自己当然不知道，它的这一举动，其实是一个划时代的创举，标志着一个崭新的物种在蔚蓝色的地球上诞生了。一亿年以后，人类的考古学家在中国辽西这片神奇的土地上挖掘出早已变成化石的晶，把它命名为中国始祖鸟——孔子鸟。始祖鸟，顾名思义，就是鸟的祖先。之所以把中国始祖鸟定名为孔子鸟，是为了纪念中国最伟大的教育家孔子。

从此，天空不再只有呆板的云和枯黄的叶，而是加入了美丽可爱的鸟。

当时，晶只觉得惊奇，它做梦也没想到，自己一向十分讨厌并认定是个累赘的肩胛上那两片宽大薄脆的骨骼，竟然有这么强大的功能——让它在空中飞翔，这不是生理上的退化和畸形，而是一种进化，一个崭新的器官——翼。

十秒钟过去了，晶不仅没掉下去，还在空中升高了。黑臀科摩盗龙呆呆地望着在空中盘旋的晶，不明白是怎么回事；又过了十秒钟，这愚蠢的家伙终于反应过来已不可能再咬着晶了，就把贪婪的目光投向品、磊和淼。

晶也从惊喜中回过神来，朝还在树枝上缩成一团的品、磊和淼急切地鸣叫：

——来吧，我的小宝贝，展开你们的双翼，飞起来吧！

——你们身上五彩缤纷的毛，是太阳用七彩光斑编织的羽，能带着你们在天空翱翔。

——来吧，小宝贝，投进妈妈的怀抱！

晶相信品、磊和森一定能朝自己飞过来，它和小宝贝们之间有一条坚韧的无形的绳索，是任何力量也无法割断的。

它在银杏树前盘旋鸣叫，召唤着，鼓励着，催促着。

直到今天，一亿年过去了，大自然演化出千姿百态的鸟，它们各有不同的生活习性，但无论什么鸟，有一点是共同的，在小鸟第一次飞翔时，母鸟都要在窝前盘旋鸣叫，这不是简单的示范，而是心与心的牵引，情与情的黏合。母鸟的亲情，给小鸟稚嫩的双翼灌注了永不衰败的力量。

森率先扇动着翅膀跃入天空，紧接着，品和磊也腾飞起来了。愚钝的黑臀科摩盗龙朝小家伙们的影子咬去，结果只咬到一团空气。

晶的一家平安脱险了，从某种意义上说，是永远脱险了。

世界原本不是凶悍的强者预订的宴席，亲情与善良有更自由宽广的天空。

生肖知识

生肖简历

龙在十二生肖中排位第五，代表着辰时。作为十二生肖中唯一并不真实存在的动物，龙更多的是作为中华民族的精神图腾，更多地承载着古代人民的一种精神寄托，代表着尊贵吉祥。人们相信生肖为龙的人会拥有着强健的体魄，并自信勇敢，才气过人。

在《尔雅·翼》中，有着对龙的形象描述，它们角似鹿、头似驼、眼似兔、项似蛇、腹似蜃、鳞似鱼、爪似鹰、掌似虎、耳似牛。龙的种类有很多：有“天之四灵”之一的青龙、长有角的角龙、未升天的蟠龙、腾云驾雾的云龙、鲤鱼跃龙门的鱼化龙，等等。但总体而言，在封建社会里，龙是帝王的专属，是权力与尊贵的象征。中国人对于龙的崇拜由来已久，自上古以来就有关于龙的器物产生，其后龙更是频繁地出现在房屋建造、器物雕刻等各个方面，中华儿女更是被称为龙的传人。

众所周知，在十二生肖中只有龙是现实中不存在的动物，是人们虚构出来的。但是中国人对龙却有着极为特殊的情感。在中国人心中，龙的地位非常崇高，而且可以呼风唤雨，让人又敬又怕。古代帝王自诩真龙天子，以此来体现自己的高贵和权威。而中国人也以自己是炎黄子孙、龙的传人自居。人们崇拜龙，却也用自己丰富的想象力创造了龙。在我国的神话故事中，龙有着丰富的感情和神奇的能力。

传说，最初的龙只有凸起的前额、牛耳、虎眼、鹰爪、剑眉、狮鼻、马齿、金鱼尾，但是却没有角。关于神龙长角并成为十二生肖，还有一个有趣的故事。

在远古时期，龙虽然身体强壮，善于战斗和腾云造雨，却并没有现在的崇高地位。有一天，玉帝想在人间选出一个百兽之王来，龙和老虎都想做百兽之王，因此成了竞争对手。于是人间上演了一出生灵涂炭的龙虎斗。

因为龙和虎的能力差不多，所以龙和虎争斗了很久也没有分出胜负，玉帝决定亲自考察龙和虎，来结束人间的这场动乱。于是龙和虎一起去面见玉帝，由玉帝来决定谁是人间的主宰。在面见玉帝之前，龙的跟班蜈蚣认为虽然龙很有本事，但是老虎气势逼人，长相俊美，很容易被玉帝相中，因此建议龙稍微美化一下自己的形象，向有着漂亮的角的公鸡借角。

龙采纳了蜈蚣的建议，去向公鸡借角。公鸡一向以自己威风凛凛的角为荣，自然是不肯借给龙的。龙就花言巧语地哄骗公鸡，许诺自己当上百兽之王后也让公鸡做十二生肖之一，并且发誓说："如果我老龙不还公鸡的角，就让我这辈子都不能回到这片陆地上！"蜈蚣也在旁边帮腔说："我保证，龙肯定会还你的角的，如果它不还，你见到我就吃了我！"

有了龙和蜈蚣的双重保证，公鸡就把角借给了龙。果然，龙戴上公鸡的角后更加地威风八面，气势逼人。到了天宫之后，玉帝看龙威风凛凛，老虎气势惊人，起了爱才之心，于是决定让龙和老虎都做王。老虎做陆地的百兽之王，而龙因为善于游泳，就做了水里的王。为了表达对龙和老虎的喜爱，玉帝还让它们都做了十二生肖之一。这时候，龙还没有忘记对公鸡的许诺，在玉帝面前为公鸡请愿，于是鸡也做了十二生肖。

但是当龙回到陆地打算把角还给公鸡的时候忽然想

到，如果我没有了这威风凛凛的角，水里的动物不服我的管教，不听我的怎么办呢？于是它心一横，决定不把角还给公鸡了，龙又害怕公鸡向它索要自己的角，索性一头扎在水里，再也不出来。但是还留在陆地上的蜈蚣就惨了，为了躲避公鸡，只好扎进土里。而公鸡找不到龙，就把怒气发泄在蜈蚣的身上，只要见到蜈蚣，就用它尖尖的嘴，一口把蜈蚣吞下了肚。

生肖神话

龙广泛地存在于文学作品中，常伴观音菩萨身边的童男童女中，男童叫作善财，女童叫作龙女。这个女童正是东海龙王的小女儿，聪明伶俐、率真可爱，备受龙王的疼爱。有一日，人间正举行盛大的灯会，小龙女听说人间有各式各样的鱼灯，活灵活现、五颜六色，就缠着龙王想去观看，不想百般恳求下龙王都不肯带她出宫。天真烂漫的小龙女嘟着小嘴巴，脑子里打着小算盘：“越不让我去，我就越要去！”于是她自己一个人偷偷地逃出水晶宫，摇身一变化作一个清秀可人的少女钻进了观看鱼灯的人群中。第一次来到灯会的小龙女兴奋极了，满眼都是七彩的灯笼，它们有的是鲤鱼的形象，有的是章鱼的形象，有的是珊瑚的形象，一个接着一个，让人应接不暇，小龙女不由得看出了神。却不想此时从二楼的高台上忽然洒下了半杯水，正好落在了人群中的小龙女身上。刚刚化为人形的小龙女一遇水就无法保持人身，人群中的小龙女慌忙地向海边奔去，不料刚到海滩边就已经支持不住，慌乱下变成了一条大鱼，在岸边不断地挣扎着。正巧有两个捕鱼小子途经海岸，看到这条硕大的鱼，兴奋不已，急忙拖到街上叫卖去了。在紫竹林中休息的观音菩萨看到这一幕，于心不忍，就命自己座下的善财童子抓一把香灰，速速去救下小龙女。此时，正在被贩卖的小龙女看着越聚越多的人群，心里害怕极了。想到自己顽皮地跑到人间，竟然就要这样丢掉性命，眼泪不禁从眼眶中流下。正当人们讨论要不要将这条大鱼肢解贩卖时，化作小沙弥的善财童子匆匆赶到，用香灰化作的银两买下了深陷困局的小龙女，把她放回了海里。小龙女回到龙宫时，宫里宫外正因为找不到小龙女而乱作一团，虾兵蟹将全体出动开始搜索，连海龟丞相都全力加快着自己的脚步。知晓小龙女私自出宫的东海龙王，看到小龙女后一气之下竟然把她赶出了龙宫，无处安身的小龙女最后被观音菩萨收留，与善财童子做了观音菩萨座下的一对童男童女。

在我国古代传说中，君王大多与龙有着密切的关系。这可能也是后世“皇帝是真龙天子”的起源吧。

相传，尧做部落首领的时候，世界上忽然洪水泛滥，生灵涂炭，为了拯救百姓，尧命令鲧去治理水患。鲧决定采用“堵”的办法来治水，于是私自偷走了天帝的息壤，息壤可以自行生长，永不损耗，却堵不住滔滔洪水，鲧无功而返。天帝发现息壤被偷，一怒之下在烛龙为守护神的羽山杀了鲧。

羽山是个常年无光照的地方，照明靠的是烛龙嘴里含着的一支蜡烛。不知为何鲧的尸身三年都没有腐烂，众神预言将会有神奇的事情发生在鲧的身上，天帝唯恐鲧复活报复，索性派了一个叫吴刀的刽子手天神拿着宝刀下凡，来破坏鲧的尸体。当吴刀剖开鲧的肚子的时候，神奇的事情果然发生了，从鲧的肚子里飞出了一条长着尖而锋利的角的虬龙，这条龙在附近山峰上空翻滚数次之后，变成了一条大龙，它就是鲧的儿子——禹。当禹出世之后，鲧化成了一条蛟龙，时时“扬须振鳞，横修波之上”。

禹继承了乃父之志，四处奔走劳碌，终于采用“引”的办法，制伏了洪水，成为人民的救星，受万民敬仰。舜老年后，顺应民意，把帝位禅让给了禹，禹于是成了夏朝的开国之君。

相传，在黄帝大战蚩尤取得辉煌胜利之后，世界一片祥和，欢歌笑语不断。皇帝四处巡视民情，有一天，他让人开采首山的铜矿，运到荆山脚下铸造大鼎以纪念打败蚩尤的伟大胜利。

在无数工匠的努力之下，鼎终于铸成了。黄帝大喜，邀请各路神仙和百姓一起来参加在荆山举办的庆功典礼。到了庆典那天，人们相约来到荆山脚下，来见证铜鼎的铸成。只见这个铜鼎金光闪闪，口大如缸，高度超过了丈三，在鼎身上刻着的是一条矫健的龙遨游在祥云之中，龙的周围是千姿百态的四方鬼神和各种各样的珍禽异兽，无论是龙还是鬼神异兽都那么的栩栩如生，惟妙惟肖。

就在人们沉浸在对巨鼎的欣赏和对黄帝的崇敬之情时，天色忽然暗了下去，天空中忽然乌云密布，眼看就要下起雨来。谁知此时，一道金光在厚厚的云层中穿了出来，一条神龙披着金甲出现在众人与神的面前，神龙的尾巴和下半身还停留在云层中，硕大的脑袋靠在巨鼎之上，长长的胡须垂到地面之上。原来，这是黄帝完成了人间的使命，上天派神龙来接他回天庭了，于是他纵身跃到龙背之上，准备随着神龙，回归天庭。

此时，人间的百姓也明白了过来，原来神龙是来接黄帝归位的，虽然为黄帝的功德圆满而高兴，但是大家舍不得如此贤明的君主离开，于是扯着龙须不让黄帝离开，结果龙须都被扯落了许多。据说这龙须落在地上，长出了许多小草，草身细小而修长，这就是龙须草的来历了。

生肖在国外

在西方的传统文化中，龙是邪恶、贪婪、毁灭与守护的化身，因此在西方的许多神话故事中，龙这种强大生物的死亡多数都是用来衬托英雄人物的伟大的。

不同于中国龙的形象，西方的龙长有一对翅膀，有着马一样的头，美洲豹一样的身体，类似于一种食肉的鸟类，是邪恶的化身。在基督教中，大龙也就是古蛇，与恶魔撒旦联系起来，诱惑着人类陷入黑暗之中。在天主教中，著名的“圣乔治与龙”故事，讲述了利比亚的一个城市边生活着一头可以喷出毒气的龙，当地的人们为了安稳的生活，只能每天送上祭品，渐渐地城市里的食物也不足以供奉这头巨龙，人们不得不改为用人当作祭品。

改变这一局面的是巴勒斯坦人乔治，相传他出生于公元260年前后，骁勇善战，百战百胜，是一名屡建奇功的罗马军官。在公元303年，年仅四十三岁的乔治为了解救受迫害的基督教徒而被杀，教皇格拉修一世（Gelasius）将其封圣。圣乔治来到这个城市时，国王的女儿正要被祭祀给龙，他在身上画着十字架，骑在马上奋勇地向恶龙刺了一枪，并用公主的腰带当作缰绳，把龙带入了城中。最后，勇敢的圣乔治让所有的市民们都信奉了基督教，并杀死了这条龙。而在俄罗斯的神话传说中，龙长有三个头，如果不将它所有的头一并砍下，被砍下的头又会慢慢地长出来。

以古英语记载的英雄叙事长诗《贝奥武夫》中描述，因为杀死了海怪格兰德尔和它的母亲而成为耶阿特国王的英雄主角贝奥武夫在位五十年后，在他的国家出现了一只新的怪兽——会喷火的龙。这条龙身形修长，像盘旋的蛇一样，牙尖齿利，且含有剧毒，不会说话，也听不懂人类的语言，而且还可以飞行。

事情的起因是一个逃奴为了修复和奴隶主的关系而偷了火龙看守的宝藏中的一个金杯，好报复的火龙发现杯子丢失后大为光火，为了报复，冲入耶阿特王国四处破坏。后来贝奥武夫为了保卫自己的国家与龙进行了英勇的搏斗，最后两败俱亡。

9世纪的《历史上的不列颠》中记载到，佛提刚王下命令要建造一座城堡。在建造城堡的时候工匠们发现白天建好的墙总是会在夜里倒塌，国王非常疑惑。于是召集了占星术士和巫师来解决这个问题。巫师说，要用纯洁女子的血洒满这里的土地才能将城堡建成。于是国王在全国范围内寻找纯洁的女子，她就是梅林。然而梅林却告诉国王，这只是巫师的谎言，事情的真相是，在城堡的地基底下的湖里沉睡着两条龙。

国王听信了梅林的话，派人找出了地湖，抽干了湖里的水，果然发现了一红一白两条龙。这两条龙被惊醒后发现了对方，开始争斗起来。最开始白龙取得了优势，而红龙不甘示弱，经过艰苦的斗争终于赶走了白龙。

梅林告诉国王，红龙代表的是佛提刚王的子民盎格鲁民族，而白龙代表撒克逊民族。盎格鲁民族会被撒克逊民族侵略，而后奋起反抗，直到赶走撒克逊人。

生肖新鲜事儿

1. 中国人为什么称自己为“龙的传人”？

龙不同于任何一种有形生物，它象征着至高无上的皇权，更代表着无限的生命力和巨大的力量，是中华民族的一种精神图腾。

追溯到神话时期，相传在一个漆黑的夜晚，突然发生了一场特大的洪水，树木、土地、生灵都被其席卷一空，整个世界都被洪水湮灭了。在这时，伏羲与女娲二人跑到了昆仑山巅，兄妹成婚，才繁衍出了中华民族。而据记载，他们二人正是“伏羲龙身，女娲蛇躯”。此后随着强大的伏羲部族不断迁徙，征服了黄河中下游等地区的部落，使其他部落中的图腾也融入了伏羲部落的图腾中，逐渐形成了更为形象化的龙图腾，作为华夏民族的象征。而后来侵入中原的少数民族统治者，为了显示其“正统”地位，也都声称自己是三皇五帝的后裔，在思想文化上向汉文化靠拢。由此，整个华夏土地的中国人，都以龙为自己的精神图腾，作为“龙的传人”，传递一种昌盛、富强的精神。

2. 俗话说：“龙生九子，各有不同。”其中这“九子”分别是什么？

“龙生九子，各有不同。”这句话出自明代徐应秋所写的《玉芝堂谈荟·龙生九子》，多用来比喻同胞兄弟间也会良莠不齐，各有不同。实际上，很多人认为这里的“九”其实代表的是一个虚数，表示的是多，而不是具象地指九个龙子。

而按照《中国吉祥图说》所写，这九子可以被整理为囚牛、睚眦、嘲风、蒲牢、狻猊、赑屃、狴犴、负屃、螭吻。囚牛是九子中的老大，酷爱音乐，喜欢蹲在琴头，至今我们仍可以在名贵的胡琴头部看到龙头的形象。老二是睚眦，生性好斗，在刀环、刀柄上的龙的形象多为睚眦。老三为嘲风，它生来喜好高险之处又好望，在殿台角上通常会有嘲风的形象，代表着吉祥与威严，更有着驱除灾祸的作用。蒲牢排行第四，它虽为龙子，但是却惧怕鲸鱼，每当被鲸鱼惊吓，它就会发出吼叫声。所以古代洪钟上的龙形就是蒲牢，而敲钟用的木杵做成鲸鱼的形状，这样每一次的撞击，都会发出响彻云霄的声音。狻猊排行第五，它长得很像狮子，并且天性喜静，又爱好香火，在佛座和香炉脚部的装饰图形多为狻猊。赑屃，又名为霸下，霸下在龙的九子中排行第六，长相似龟，好负重物。相传霸下在上古时期曾经在湖海中兴风作浪，后来大禹在治水过程中收服了它，让霸下搬动巨山、疏通河道。我国显赫的石碑下多有霸下驮着。狴犴在龙的九子中排行第七，长相酷似老虎，十分有威严。我国古代狱门上方虎头形状的装饰物就是狴犴。负屃是龙的八子，它爱好文学，我国古代石碑两旁会有龙的形象，就是负屃。螭吻是龙的第九子，古代殿脊两端的龙头形象就是螭吻，有镇邪的作用。

3. 我们普遍认为龙是人以什么动物为原型创造而成的?

原始人对于人和动物并没有严格的界限区分，在他们的意识里，某种动物是自己的祖先和保护神，这些动物就是最早的神，即图腾。在氏族部落的发展与消亡中，被消灭的部落其图腾往往也会被消灭，胜利者的图腾并没有变化。因而说龙图腾与其他一般图腾最显著的区别就是，其他图腾是单一的动物，而龙图腾是多种动物的组合，这也突出地反映出了中华民族的思想。

经过漫长的进化和发展，逐渐体悟到了人性的古人舍弃了弱肉强食的理念，而是更加人性化，这一进化具体地体现在了龙图腾的产生和发展之中。那时的人们消灭吞并一个氏族部落之后，不再完全否定被消灭部落的精神信仰和文化崇拜，而是将其图腾取一部分加在自己的图腾身上。因此可以说，龙的形象象征了开放、团结和包容。也正是从那时起，中华民族和合的思想在图腾龙的身上逐步体现和发展。

关于龙的原型是哪种动物这一问题，国内外学者众说纷纭。著名学者闻一多关于这个问题给出的答案是，龙的原型是蛇。据其考证，龙的形态与蛇有许多的共同点，它们都有着柔软细长的身体，并且通过弯曲身体进行活动。闻一多在《伏羲考》里认为龙的基调就是蛇。蛇也有小龙的别称。闻一多认为龙就是以蛇为图腾的部落在吸收别的部族的图腾过程中，为蛇加上了鹿的角、鱼的鳞、狗的爪等，最终形成了龙的形象。在学术界，也有很多学者同意闻一多的观点，认为龙的原型是蛇，但是也有一些人不那么认为。

中国古史专家卫聚贤和一些外国学者认为龙是鳄鱼，这一说法在外国的一些神话传说中也可以找到证据。除此之外，还有龙的基本形态是蛇、蜥蜴和马的综合体的说法，也有的人把龙当成彩虹或者闪电的衍变体。

4. 在中国的神话传说中，龙和蛟有什么区别？

中国古代普遍认为龙是一种神物，是神圣的代表。而蛟是一种在湖泊中生活的生物，它们会以鱼为食，也会争抢领地；并且有蛟五百年后可飞升为龙的说法。

在长相上，传说中龙长有两对爪子，而蛟只有一对爪子。并且，龙有着如鹿一般的角，长有分叉，而蛟的头上只有短而直的一个角，有的蛟甚至不长角。

5. 龙和故事中的恐龙有什么区别？

恐龙是已经被人们所发现并认可的生活在地球中生代时期的一种动物，它们大多有着庞大的身躯，生活在森林或开阔地带。虽然在距今大约6500年前的白垩纪结束时这种生物突然灭绝，但我们如今仍可通过化石一览它们当年的勇猛威严。

与有据可查的恐龙不同，龙并不是真实存在过的生物，人们普遍认为龙是人类通过组合不同动物的特征所虚构出的一种形象，代表着至高无上的皇权和威严。

6. 龙凤呈祥讲的是一个什么样的故事？

龙凤呈祥的典故出自《孔丛子·记问》：“天子布德，将致太平，则麟凤龟龙先为之呈祥。”这句话的意思是，如果天子颁布实施仁德的政策，会使天下太平，那么麒麟、凤凰、乌龟和龙四种动物都会首先呈现出吉祥的样子。龙和凤在我国的传统理念里代表着吉祥和如意，人们常常将龙和凤一起使用来表示喜庆的事情。相传秦穆公的女儿弄玉和驸马萧史在华山中隐居修炼，后得道之后乘龙凤而去。后世的人们用“龙凤呈祥”来形容夫妻间心意相通、恩爱不移、同甘共苦、百年相知相守的忠贞爱情。

7. 龙和凤凰是伴侣的关系吗？

中国古代虽然用龙代表皇帝，用凤凰代表皇后，但其实龙和凤凰之间并不是伴侣的关系，它们是两种不同的生物，只是同样作为权力的象征赋予人的身上。

凤凰被看作百鸟之王，同龙图腾一起，组成龙凤呈祥，象征着吉祥昌盛。而实际上，“凤凰”二字为雌雄统称，真正是伴侣关系的应该是凤和凰，凤为雄，凰为雌。

8. 青龙是中国传统文化中的“四象”之一，其他的三个分别是什么？

中国传统文化中的四象指的是青龙、白虎、朱雀、玄武四圣兽，这一概念源于中国古代的星宿信仰，它们分别代表着东、西、南、北四个方向上的群星。

9. 中国传说中的龙都是没有翅膀的吗？

中国古代传说的龙并不都是没有翅膀的，应龙就是一种有翼的龙。

应龙在中国的传说中发挥着重要的作用，相传在黄帝时期，在以黄帝为首的黄河流域部落与以蚩尤为首的长江流域部落的战争中，双方都召来神物参与战争。而黄帝就请来了应龙“蓄水”，虽然应龙的本领较之蚩尤一方的灵物稍有逊色，最后天女“魃”现身才止住了大雨，歼灭了蚩尤部落。但是应龙在这场战争中还是立下了汗马功劳，并且由于过量地消耗了体力，无法再飞回天庭，只能在人间的山泽中生活。

随着时间的流逝，在大禹时期，应龙又再一次在漫延的洪水中现身，疏导洪水，立下大功。

10. 真的有“龙”吗?

对于古生物学家来说，长着角的龙可能只是神话传说而已，是古人通过想象杜撰出来的，但是令人振奋的是，世界上可能真的有龙。

1996年贵州省安顺市关岭布依族苗族自治县新铺乡出土了龙首上长着一堆角的“新中国龙”化石，这与神话中龙的形象非常相似。该化石长约六点七米，头部最宽处长着略微弧形的双角。该对称的双角在龙头上翘起，长约二十七厘米，与传说中龙的形象十分神似。

在中国首次被发现的“新中国龙”化石的“龙角”，使龙图腾形象起源有了新的研究方向，它或许预示着长着角的龙真的存在过，那么很可能龙图腾的形体有真实或大体真实的上古原型，只是功能被神话了。

11. 你知道“中华第一龙”吗?

在内蒙古赤峰市翁牛特旗三星他拉村，出土了一件有“中华第一龙”美誉的“C”形青玉龙。玉龙是由岫岩玉雕琢而成的，龙体呈墨绿色，通体光洁，鬣鬃飞扬，躯体如钩一般蜷曲着，造型栩栩如生，异常精美，具有相当高的艺术价值。

后经勘察确认这件玉龙为红山文化遗物，距今已有七千多年，是中国已发现的时代较早的龙的形象之一，无独有偶，在安徽含山凌家滩、湖北天门肖家屋脊也都有此类吻部稍长，鼻部上翘前突，有两个并排的鼻孔的玉龙形象，它们有可能是龙的原始形态。

12. 古时候的龙都是一样的吗？

在现代，一提到中国龙大家想到的都是角似鹿、头似驼、眼似兔、项似蛇、腹似蜃、鳞似鱼、爪似鹰、掌似虎、耳似牛的形象，那么在远古人类的思想里，龙也是这样的吗？

红山文化里的龙有说像猪，有说像熊。说像熊或者像猪主要是在形象上的猜测和揣摩，但是在牛河梁积石冢内的红山文化重大遗址内发现了以熊为祭的迹象并出土了熊首彩陶塑件，更妙的是在其周围，被当地人奉为山神的大山也是熊形的。显而易见，头大眼圆嘴长齿利，而身形笨拙的形象也与当地的棕熊不谋而合。

距今五千年左右的安徽凌家滩白玉龙是首尾相连的扁环形，鸡骨白的玉中有绿斑浮现，此龙的龙首呈牛头形，头上有两支翘起的弯角，与当地水牛头上的角尤其相似。而与之对应的水牛是这一带农家的主要畜力，更是当地农民几千年赖以生存的动物。因此说当地居民把牛这一赖以生存的动物幻化成守护神，龙的形象就顺理成章了。

良渚文化中的玉龙形象比较特别，由四个同向龙首围成一个镯形。发掘报告描述它，“眼和牙近似水牛或鹿，鼻如猪，角与耳非牛非鹿，似为各种动物的结合图形。……平面加一个侧面进行斜向观察，其形态和传统观念龙形颇为近似，……环曲的镯身，或可视作龙体的象征”。与此玉龙形象在浙江反山、瑶山等遗址出土的璜、柱形器、山字形器官和小玉璧上也出现过。

在龙山文化的龙头顶有角状装饰，腹下有龙脚（这恐怕是已知玉龙中最早发现龙脚的例子）。主体蜷曲，隐约可见“C”形。吻长、眼圆与鳄鱼的体态特征非常相似。

巧合的是，湖北天门肖家屋脊玦形玉龙石家河文化中的“C”字形玉龙，头形和鳄非常接近。其形象与鳄鱼非常的相近，而突出的尖利牙齿，更是验证了人类的此种猜想。

从动物学角度分析，新石器时代晚期距今五千年左右的典型玉龙主要是马、熊、牛、鳄几种。说明龙图腾的形成与当地氏族的生存环境，当时的物种，当地先民所尊崇的是哪种动物有直接关系。这种崇拜图腾的过程和意识，就是将人或者动物神话的过程。

13. 有什么与“龙”相关的成语?

卧虎藏龙。这个成语出自北周时期庾信所著的《同会河阳公新造山池聊得寓目》，“暗石疑藏虎，盘根似卧龙”。人们用这个成语比喻那些深藏不露或还没有被发现的人才。

龙马精神。比喻人精神抖擞，精力充沛。其中，龙马是一种传说中长相酷似龙的骏马。

攀龙附凤。在汉代扬雄的《法言·渊骞》中有记载：“攀龙鳞，附凤翼，巽以扬之，勃勃乎其不可及也。”比喻通过依附于有权势有威望的人来获取功业、扬名立万。是贬义词。

蛇

保 姆 蟒

儿子生在边远蛮荒的曼广弄寨子，寨子后面是戛洛山，寨子前面是布朗山，都是莽莽苍苍的原始森林。寨子里曾经发生过这样的事，大人上山干活了，比兔子还大的山老鼠从梁上翻下来，把睡在摇篮里的婴儿的鼻子和耳朵给咬掉了；一头母熊推开村主任家的竹篱笆，一巴掌掴死了看家的狗，把村主任刚满周岁的小孙孙抱走了，村主任在老林子里找了五年，才在一个臭气熏天的熊窝里把小孙孙找回来。六岁的孩子，这时不会说话，不会直立行走，只会像熊那样嗷嗷叫，只会四肢趴在地上像野兽似的爬行，成了个地道的熊孩……

我那时迷上了打猎，有时钻进深山老林追逐鹿群或象群，几天几夜都不回家，妻子挑水、种菜、洗衣服什么的，只好把还在吃奶的儿子独自反锁在家里。我们住的是到处有窟窿的破陋的茅草房，毒蛇、蝎子、野狗、山猫很容易钻进来，实在让人放心不下。最好的办法，当然是找个保姆来带孩子，但我那时收入微薄，养家糊口尚且不易，哪还有闲钱去请保姆。我和妻子都是下乡知青，也不可能让远在上海的亲人万里迢迢跑到边陲来替我们照看小孩儿。

就在我犯愁之际，寨子里一位名叫召彰的中年猎人说可以帮我找一个不用管饭也不要开工资的保姆。除非七仙女下凡、田螺姑娘再世，哪里去找这等便宜的事？我直摇头。召彰见我不相信，就说："你们等着，我立马把保姆给你们带来。"

一袋烟的工夫，我家门前那条通往箐沟的荒草掩映的小路上便传来悠扬的笛声。又不是送新娘来，用得着音乐伴奏吗？我正纳闷，召彰已吹着笛子跨进门来。我注意他的身后，并没发现有什么人影。他朝我狡黠地眨眨眼，一甩脑袋，金竹笛里飞出一串高亢的颤音，就像云雀鸣叫着飞上彩云，随着那串颤音，他身后倏地蹿立起一个"保姆"来。

我魂飞魄散，一股热热的液体顺着大腿流下来，把地都汪湿了一块，不好意思，我吓得尿裤子了。

妻子像只母鸡似的张开手臂，把儿子罩在自己的身体底下。

召彰用笛声给我们带来的保姆，是一条大蟒蛇！

“快……快把蟒蛇弄走。召彰，你在开什么国际玩笑，弄条蛇来害我们！”妻子嗔怒道。

“我敢用猎手的名义担保，它是一个最尽心尽职的保姆。我的两个儿子，都是它帮着带大的。哦，假如它伤着你们小宝贝一根毫毛，我用我的两个儿子来赔你们。”召彰很认真地说。

“这……我一看到蛇就恶心，饭也吃不下。”

“先让它试十天吧，不合适，再退给我。”召彰说着，把蟒蛇引到摇篮前，嘴里喃喃有词，在蟒蛇的头顶轻轻拍了三下。蟒蛇立刻像个卫兵似的伫立在摇篮边。

这时，我才看清，这是一条罕见的大蟒蛇，粗如龙竹，长约六米，淡褐色的身体上环绕着一圈圈一条条不规则的深褐色的斑纹。这些斑纹越近尾巴颜色越深，是典型的西双版纳黑尾蟒；在下腹部，还有两条长约三四寸退化了的后肢；一张国字形的小方脸，一条棱形黑纹从鼻洞贯穿额顶伸向脊背；两只玻璃球似的蓝眼睛像井水似的清澈温柔，微微启开的大嘴里，吐出一条叉形的芯子，红得像片枫叶。整个形象给人一种并不凶恶的感觉，倒有几分温顺和慈祥。

或许，可以试十天的，我和妻子勉强答应下来。

十天下来，我算是服召彰了。我敢说，天底下再没有比这条蟒蛇更称职的保姆了。假如保姆这个行当也可以评职称的话，这条蟒蛇绝对是一级保姆，就像一级教授或一级作家一样。它不分昼夜忠诚地守候在我儿子的摇篮边，夏天蚊子奇多，我们虽然给摇篮搭了个小蚊帐，但儿子睡觉不老实，抡胳膊蹬腿的，不是把蚊帐蹬开一个缺口，让蚊子乘虚而入，就是胳膊或腿贴在蚊帐上，让尖嘴蚊子穿透蚊帐叮咬。几乎每天早晨起来，都会发现儿子嫩得像水豆腐似的身上隆起几个红色丘疱，让我心疼得恨不能自己立刻变成只大壁虎，把天底下所有的蚊子统统消灭光。但自从这条蟒蛇来了后，可恶的蚊子再也无法接近我儿子了，那条叉形的蛇芯子，像一台最灵敏的雷达跟踪仪，又像是效率极高的捕蚊器，摇篮周围只要一有飞蚊的嗡嗡声，它就会闪电般地朝空中蹿去，嘴里吐出火焰似的芯子，那只倒霉的蚊子就从世界上消失了。过去只要一下雨，免不了会有竹叶青或龟壳花蛇溜进我家来躲雨，有一次我上床睡觉，脚伸进被窝，怎么凉飕飕滑腻腻的像踩在一条冰冻鱼上，掀开被子一看，是一条剧毒的眼镜蛇，盘踞在我的脚跟……这条蟒蛇住进我家的第二天，老天爷就下了一场瓢泼大雨，我亲眼看见有好几条花里胡哨的毒蛇蹿到我家的房檐下，在墙洞外探头探脑，但一感觉到蟒蛇的存在，立刻就返身仓皇逃走了。至于老鼠，过去大白天都敢在我家的房梁上打架，一入夜背光的墙角就会传来吱吱的鼠叫声，但自打我们请了保姆蟒，嘿，老鼠自觉搬家了，请也请不回来。

第八天黄昏，我到一位猎人朋友家去贺新房了，妻子在家逗儿子玩，突然，寨子里有个女人要生小孩儿，叫我妻子去帮忙，她就把儿子放进摇篮，交给了保姆蟒。晚上我回家推开门，就闻到一股扑鼻的血腥味，点亮马灯一看，差一点魂都吓掉了，只看见保姆蟒长长的身体裹住一匹红豺，蛇头高昂着，嘶嘶有声；被它裹住的那匹豺双眼圆睁着，像要从眼眶里滚出来，豺嘴大张着，嘴洞里含着大口血沫；我用手指碰碰豺眼，毫无反应，豺已被活活勒死了。我急忙奔到摇篮边，可爱的儿子睡得正香，大概梦见了什么好吃的，红扑扑粉嘟嘟的小脸蛋上漾着一对小酒窝。我这才放心，将马灯举到死豺头上仔细看，绛红色的豺毛乱得像被秋风扫荡过的树叶，豺牙稀稀疏疏，脱落了好几颗，哦，原来是匹上了年纪的老豺。不难想象，这匹老豺年老体衰，追不上兔子，也咬不破牛犊的皮，实在饿极了，便铤而走险，从森林里溜到村寨来偷食婴儿；老豺既残忍又狡猾，估计早就躲在附近的草丛里窥探了我家的情况，见两个大人都出门走了，就用爪子刨了个墙洞钻进来；老豺刚进到屋内，保姆蟒就一口咬住豺脖子，并立刻把老豺紧紧缠住；老豺又撕又咬，但无济于事。

等妻子回来了，我俩哄劝了半天，保姆蟒才松开身体，早已僵硬了的老豺咕咚摔下地来。我们仔细查看了一下，保姆蟒脖子和背上被豺爪撕开了好几条口子，漫流出浓浓的血，靠近尾巴的地方还被叼走一块肉。妻子感动得热泪盈眶，平时她一向节俭，这时也毫不犹豫地到鸡笼捉了一只大公鸡，犒劳保姆蟒。

十天的试用期很快结束了，还有什么说的，保姆蟒理所当然地成了我家的正式成员。请蟒蛇当保姆还有一个很实惠的好处，不用喂食，肚子饿了它会从我家厨房的小窗口翻出去到箐沟自己觅食。又忠诚又可靠又不用破费，这样的保姆，你打着灯笼也难找哇。

一转眼，儿子开始学走路了，不用我们费心，保姆蟒自觉担当起教儿子学走路的角色。它弓起脖子，高度正好在儿子的小手摸得到的地方，像个活动扶手，随着儿子的行走速度，慢慢朝前蠕动；儿子走累了，随时可以伏在保姆蟒脖子上休息，这时候，保姆蟒便一动不动，像一条结实的栏杆。小孩子学走路，免不了会跌倒，保姆蟒似乎特别留心注意少让儿子摔跤，每当儿子踉踉跄跄要摔倒时，它就会吱溜贴着地面蹿过去，蛇头很巧妙地往上一耸，扶稳儿子；即使儿子仍摔倒了，它也像层柔软的毡子，垫在儿子的身体底下，不让儿子摔疼。

嘿，整个就是一架设计精良的学走路的机器。

光阴荏苒，儿子一点点长大，没想到，我们和保姆蟒之间渐渐产生了矛盾。儿子三岁多了，理应与同龄小伙伴扎堆玩耍，但这么大一条蟒蛇守在儿子身边，小孩子们见了都躲得远远的，儿子就显得冷清孤单；好不容易有几个胆子特大的小孩跑来与儿子玩踢皮球，保姆蟒守在一边，只要皮球不在儿子脚下，它就会朝着其他小孩张开那张可以吞食麂子的大嘴，吐出鲜红的蛇芯子，进行恫吓；孩子们心惊胆战，扔下皮球就逃，儿子不费吹灰之力就踢赢了球赛。这样的事重复了几次以后，谁也没有兴趣再来找我儿子玩儿了。

渐渐地，妻子也开始对保姆蟒生出许多不满来。三岁左右的小孩是最可爱、最好玩的阶段，对父母充满了依恋，似懂非懂，憨态可掬，妻子喜欢将儿子紧紧搂在怀里，在他粉嫩的小脸上亲个够。每逢这个时候，保姆蟒就会竖起脖子，拨浪鼓似的摇晃蛇头，表现得异常痛苦。“去去，快走开，我亲我自己的儿子，你痛苦个屁呀！”妻子暂停亲吻，朝保姆蟒挥手跺脚进行驱赶，但平时十分听话的保姆蟒这时候却桀骜不驯，嘴里呼呼吐着粗气，不但不离去，还在地上扭曲打滚，直到儿子离开妻子的怀抱，它才会安静下来。“它忌妒我和儿子亲热，”妻子忧心忡忡地对我说，“它的目光阴沉沉的，完全是童话里巫婆的眼睛。”

虽然保姆蟒从未对妻子粗暴过，但身边有一双充满恶意的眼光盯着，母子间的亲昵无疑会大打折扣。

很快，我也对保姆蟒反感起来。事情是这样的，那天晚上，儿子吃了好几块巧克力，临睡前，我让他刷牙，不知道为什么，儿子对刷牙一点儿不感兴趣，我叫了几次，他都装着没有听见。白天我上山打一头岩羊，追了整整一天，流了好几身臭汗，还把一葫芦火药都用完了，也没能把那头该死的岩羊猎到，肚子里憋了一股窝囊气没处发泄，这时算找到出气筒了，撩起一巴掌，重重打在儿子屁股上，大声吼道：“小赤佬，你敢不听老子的话！”小儿无赖，躺在地上哭闹打滚。我更是火上加油，冲上去就想在儿子已经有五条手指印的屁股蛋上来个锦上添花，我像个凶神恶煞举着巴掌刚赶到儿子面前，保姆蟒冷不防从儿子身后蹿出来，瞪着眼，弓着脖子，拦住了我。我教训我自己的儿子，关你保姆蟒什么屁事吗？你也不撒泡尿照照自己是什么东西，充其量就是一个保姆，一个下人，有什么资格来干涉主人的家政？我一怒之下，喝了声："滚！"飞起一脚朝蛇腹踢去，不幸的是，平时看起来行动很迟缓的保姆蟒，这时候却表现得十分灵活，身体朝左一闪，我踢了个空；蛇脖子像弓似的一弹，那只方方的蛇头就像一柄流星锤，击中我的胸口，我四仰八叉跌倒在地。我的模样一定很狼狈，也很好笑，像只被翻转身的甲鱼，板着脸的妻子忍不住扑哧笑出声来，儿子也破涕为笑，拍着小手叫："打爸爸！打爸爸！"

保姆打主人，岂不是犯上作乱！我以后在儿子面前还有什么父亲的威严？我恼羞成怒，恨不得立刻掐断保姆蟒的脖子，我气急败坏地爬起来，还没站稳，蛇头像流星锤又"咚"的一声把我搡倒在地；不让我站起来，我就趴在地上不起来了，看你的蛇头流星锤还能奈我何！我匍匐前进，想迂回到墙角去拿扫把收拾保姆蟒，还没爬到墙角，可恶的保姆蟒"唰"的一下蹿过来，蛇头一勾，先把我的双臂连同身体一起缠住，然后蛇尾一撩，将我的双腿也绕住了。我还是第一次被大蛇纠缠，那滋味和被绳子五花大绑不大一样，皮肉并不觉得疼，只是胸口被勒得发闷，有一种缺氧喘不过气来的感觉，整个骨架似乎也要被勒散了。我大声叫唤咒骂，保姆蟒就是不松劲。渐渐地，我像患了急性肠胃炎，忍不住要上吐下泻了。妻子看我脸上像涂了层石灰似的发白，吓坏了，喝令儿子把保姆蟒拉开；小儿淘气，嚷嚷道："爸爸不打我，我就叫蟒蟒松开。"我无计可施，只好缴械投降："爸爸不打你了，爸爸错了……"儿子面露胜利的微笑，跑上来摸摸保姆蟒的头，保姆蟒立刻柔顺地松开了身体……

就在我动脑筋想把保姆蟒辞退的时候，我的知青生涯结束了，全家调到西双版纳傣族自治州的首府——景洪市去工作。城市不比山野村寨，家里养着一条大蟒蛇，邻居吓破胆不说，警察不来找麻烦才怪呢。再说，城里有幼儿园，儿子也不需要保姆了。正好趁此机会把已惹得我和妻子十分反感了的保姆蟒甩脱掉。那天，我们打整好行李，等保姆蟒从我们厨房的窗口滑进箐沟去觅食时，逃也似的坐上寨子里的马车，扬长而去。

两个月后，我在街上遇见到景洪来购买农药的召彰，他告诉我说，我们走后，保姆蟒咬着我儿子穿旧的一件小汗衫，待在我们废弃的那间茅草房里，喂它什么它都不吃，召彰用笛声想把它引走，它也不走，半个月后，它被活活饿死了，死的时候嘴里还咬着我儿子的那件小汗衫……

生肖知识

生肖简历

蛇是十二生肖中的第六个属相，代表着巳时，也就是上午九点到十一点。这个时间段里地表的温度开始上升，蛇开始活动。

关于蛇如何成为生肖，还有一个有趣的传说。

传说在很久很久以前，蛇长着四条腿，青蛙是没有腿的，只能在地上蠕动爬行。那时蛇很懒惰，青蛙很勤快。青蛙不仅自己捉虫吃，而且把食物分给蛇吃。因为青蛙帮人们捉了很多害虫，所以大家都非常喜欢青蛙，讨厌好吃懒做的蛇。

蛇发现没人喜欢它，却都喜欢青蛙，心里很忌妒，它越想越生气，便开始咬人、祸害庄稼，搅得人间鸡犬不宁。土地爷说服不了蛇，只能将这件事上报天庭，玉帝命人将蛇带到天庭审问，蛇不仅毫无悔改之心，还出言不逊，怨天怪地。玉帝盛怒，下旨收回了蛇的四条腿，让它以后只能爬行。同时为了奖励青蛙的勤劳，将蛇的四条腿赐给了青蛙。

青蛙得到奖励后并没有沾沾自喜，也没有因为大家的喜爱而满足现状，反而更加卖力地捉害虫。这一切都被蛇看在眼里。它终于认识到只有肯付出才能有收获。它决心重新改造自己，像青蛙一样捉害虫，跟着龙学治水，尽力做好事。而且还经常反省自己的作为，每次自省，蛇都蜕下一层皮，以示自己的改变。蛇的表现被玉帝看在眼里，在册封十二生肖时，让它排在龙的后面，当上了人类的生肖。

其实不仅是在中国的十二生肖中，在印度、希腊、埃及等国家中类似十二属相的习俗中，都无一例外地出现了蛇的形象，这足可以看出蛇在人类的生活中所占有的特殊的地位，人们对蛇怀有一定的敬畏，但同时又为它独有的神秘感所着迷。在我国，普遍认为蛇年出生的人沉着冷静，并且能力超群。

从生物学角度来说，蛇是陆生脊椎动物，以肉食为生，它们的体温低于人类，是典型的冷血动物。蛇的身体由头、躯干和尾组成。作为爬行动物，它们有三种运动方式。第一种，蜿蜒运动。所有的蛇都能以蜿蜒运动的方式向前爬行，当蛇采取这种运动时，蛇的身体在地面上做水平波状弯曲，使弯曲处的后段对粗糙的地面用力，利用地面的反作用力推动着前行，所以如果把蛇放在光滑的玻璃上时，蛇将无法用蜿蜒运动的方式爬行。第二种，履带式的运动方式，像坦克一样。蛇没有胸骨，所以肋骨能根据身体的姿势前后自由摆动。连接肋骨与腹鳞之间的肌肉叫作肋皮肌。当肋皮肌收缩时，肋骨便向前移动，带动宽大的腹鳞依次竖立，即稍稍翘起，翘起的腹鳞就像踩在地面上，但这时只是腹鳞动而蛇身没有动，接着肋皮肌放松，腹鳞的后缘就施力于粗糙的地面，靠反作用把蛇体推向前方，这种运动方式产生的效果是使蛇身直线向前爬行，像是履带在带动坦克前进。第三种，延伸运动，也就是伸缩运动。蛇进行伸缩运动时，先是身体前部抬起，向前伸展，当接触到支撑物体时，身体后部即跟着缩向前去，然后再抬起身体前部向前伸，得到支撑物，后部再缩向前去，这样交替伸缩，蛇就能一直向前爬行。这样的运动方式有时会产生一个有趣的画面，蛇在慢慢悠悠散步，突然受到了惊吓，它们的身体会飞快地连续伸缩，迅速逃命，这时候看起来就像它们在跳，高一下低一下。另外，蛇的嗅觉很灵敏，让人们误以为它听不到声音，而是靠嗅觉来辨别方向的。但是事实上蛇是有听觉的，只不过非常迟钝，它们的听力系统构造非常简单，只有内耳。

按照种类分的话可以把蛇分为盲蛇亚目、原蛇亚目、新蛇亚目。蟒蛇就属于原蛇亚目。黑尾蟒也叫作印度蟒，在澳大利亚、太平洋岛屿地区、非洲西部至我国境内都有分布。它们有些胆小，并且行动缓慢，虽然是天生的游泳健将，但是黑尾蟒主要在浅水或河边位置附近活动。

生肖神话

蛇在属相里被称为小龙，是非常有灵性的动物。传说蛇经历五百年化身为蛟，蛟经历千年化身为龙，龙经历五百年长角，再过一千年长出翅膀，成为神龙。所以人们习惯称龙为“大龙”，把蛇称为“小龙”。在《左传》《孟子》这些书中经常把龙蛇并列，如“深山大泽，实生龙蛇”“龙蛇居之”等。在遥远的古代，蛇被视为圣物。中国人的祖先最早以蛇作为崇拜图腾，神话中从开天辟地的盘古到华夏族的始祖女娲、伏羲，都是“人首蛇身”。被儒家称为圣人的尧、舜、禹则几乎无不与蛇有“亲缘”关系。尧的母亲庆都与赤蛇成婚，然后生下了尧；夏禹开凿龙门山，在岩洞中遇到了蛇身人面的神，神把八卦图教授给夏禹，而且送给了他一个玉简。后来夏禹平定天下水患也与手中的玉简有很大关系。

白娘子和许仙的传说可以说是家喻户晓了。故事是这样的，一千七百年前，一个小牧童从捕蛇老人手中救下了一条小白蛇，并将它放生，白蛇感念牧童的救命之恩，决心日后一定设法报答。经过一千七百年的修炼,白蛇化成人形，变成美丽女子白素贞，在观音菩萨的点化下记起牧童搭救的往事，根据观音菩萨的指点，她来到杭州西湖寻找曾经的救命恩人。在此期间，白素贞遇到了化成人形的青蛇小青，二人一见如故。小青得知白素贞的故事后，决定帮她一起找人。二人看似主仆，实则情同姐妹。一千七百年前的小牧童今世名叫许仙，此时是翩翩少年、谦谦君子。曾经的小白蛇和小牧童在西湖断桥相遇，彼此一见倾心，不久结为夫妻。白素贞为帮助许仙开药铺指使小青偷盗府库的银两，不久后事情败露，许仙被发配姑苏。白素贞来姑苏找到许仙，靠说谎掩盖过了偷银两的事情。二人在姑苏又开了一家药铺，端阳佳节，白素贞不慎饮下了雄黄酒，现出原形，许仙受到惊吓而死。白素贞来到天庭求取仙丹，求之不得只好动手硬抢，王母娘娘得知后怒不可遏，要处死白素贞，这时观音菩萨出面解救了白素贞，也救活了许仙。

许仙因医术精湛、医德高尚而远近闻名，故抢了同行的生意，怀恨在心的同行无数。不久，因小青偷盗梁王爷府中宝物，许仙被发配镇江。偶遇高僧法海，他看出白素贞是蛇妖，决心除掉白素贞，他将许仙骗至金山寺，以此要挟白素贞服法。白素贞救夫心切，施展法力水漫金山，将夫君救回，却也殃及无辜百姓，触犯了天条。不久白素贞生下儿子许仕林，许仙却因白素贞触犯天条而麻烦不断，白素贞只好向法海服法，法海将白素贞关押在雷峰塔底。二十年后，许仕林考取状元，他一心救母，感动了天地，白素贞重获自由，一家人终又团聚。

今天武汉长江大桥横卧龟山和蛇山之间，极其雄伟。作为大桥基址的蛇山与龟山还有一段古老的传说呢。话说在很久以前，东海龙王的手下有龟蛇二将，他们互相看对方不顺眼，经常吵吵闹闹。有一天，他们俩又吵得不可开交，干脆动起手来，龟将抄起了宝剑，蛇将挺起了长矛，双方打得不可开交。他们打架的动静太大，把龙宫里搅得天翻地覆。龙王非常生气，派人将他俩捆绑起来，让他们到人间的长江边思过，汉阳岸边一个，武昌岸边一个。后来，它们就化作龟、蛇二山，隔江对峙。

他俩虽受到处罚，但心里还是较着劲儿，隔着长江赌气，比谁化的山长得快。于是龟、蛇二山便越长越大，两座山的山头尽力往江中延伸，像是要头顶头，恨不得伸过江去把对方挤趴下。这一来可不得了，长江的水道越来越窄，上游的水不能顺畅流淌，许多良田村庄被江水浸没，沿岸的老百姓苦不堪言。

这件事被吕洞宾知道了。他心想，不能让他俩再为所欲为，要让他们头碰住了头，岂不把长江拦腰截断，上游的人们会因为江水漫溢而流离失所，下游的人们也会因为江水断流而不能种庄稼，这后果太严重了！于是他决定管一管。他先化成一个采药老人，身背药袋，肩扛银锄，来到蛇山中部，手举银锄，照定蛇腰挖了一锄。蛇将全身一颤，腰部的蛇骨被挖断了，疼痛难忍，只好赶快缩头，一直缩到武昌岸上，再也不能动弹了。所以蛇山中间，至今还低很多，像断了的样子。他又请人在龟山头上建了一座“禹王庙”，这下龟将被镇得老老实实，不堪压力的它只能慢慢往汉阳岸边缩，刚刚缩到岸边时，就再也没有力气动了，所以至今龟山在江水中留下一个矶头，那就是龟将的脑袋。从此，龟、蛇二将让开了水道，长江滚滚，东流千里，再也不受阻碍了。

在《聊斋志异》中有一篇关于人与蛇的故事——《蛇人》。在东郡有一个耍蛇人，他驯养着两条青色的蛇，分别叫作大青和二青。二青额头上长有一个红点，它的鳞片在阳光的照耀下泛着青色的光，每当蛇人发出一个指令，二青都能够完美地配合他的表演，那个额头上的红点，更显得它灵动可爱，蛇人十分偏爱它。过了一年，大青意外地死去了，还没能来得及补上空缺，蛇人发现原本在竹箱中的二青也不见了。他四处寻找着那个青色的小身影，但是一无所获。然而正当越加绝望的蛇人在外面游走的时候，突然听到在路边杂乱的草丛里稀稀疏疏地传来一些声响，他拨开草丛，一个青色的身影正顶着额头上通红的小点探头探脑地看着他，正是他以前丢失的二青，二青的身后更是跟着一条小蛇，大喜过望的蛇人赶紧把它们带回了家。然而一天又一天，二青越来越大，当它身长已经达到三尺多的时候，蛇人看着二青在竹箱中倍显拥挤的身躯，知道终于还是到了要告别的时候。蛇人来到山林里，为二青准备了最好的食物，目送着它青色的身影消失在远处的草丛中。又过了几年，当年二青带来的那条小蛇也长大了，村中渐渐传出山林中蛇追赶人的事件时有发生。一日，蛇人上山途中，突然从脚边的一片灌木中蹿出一条大蛇，情急之下他拼命地奔跑逃命，就在那条蛇飞蹿，离他越来越近的时候，蛇人回头看去，这条大青蛇的额头上正有一个耀眼的红点，这时，他不禁高声喊道："二青！"这条蛇正是二青，听到蛇人的声音它的动作顿了一下，然后很快反应了过来，它温顺地缠绕在蛇人的身上，亲昵地触碰着蛇人的身体，显然对这次的久别重逢倍感喜悦。养蛇人看着已经有碗口那么粗的二青，默默地把当年的小蛇也放了出来，对它们说："这个山林足够你们生存，希望你们不要再惊扰其他的人类，否则上天也会惩罚你们的。"听到蛇人劝诫的两条青蛇，伫立片刻后就离开了，从此，人们再也没有看到过这两条蛇。

在民间还有一个"人心不足蛇吞象"的故事。在很久以前，有一个农户人家里非常穷，但是他非常勤劳，经常上山砍柴来卖，以此维持生计。有一次上山，他遇到了一条小蛇，出于同情就把它揣在怀里带回家，并且对它悉心照顾。小蛇慢慢长大成了大蛇，以后的日子里，大蛇就生活在农户人家附近的山洞中。后来，大蛇的山洞口长出了一颗灵芝，大蛇知道灵芝不可多得，所以精心守护。灵芝越长大，名声也越来越大，人们都想来采这颗罕见的灵芝。但是因为大蛇的保护，谁也无法靠近。这件事传到了皇帝的耳朵里，皇帝也很想得到这颗灵芝。于是张贴皇榜，说谁能摘下此灵芝献给皇帝必重重有赏。农户人想发大财，于是就来到大蛇面前诉苦，说自己过了一辈子苦日子，没享过福，现在只要大蛇把灵芝送给他让他献给皇帝，他就能过上衣食无忧的日子了。大蛇出于报恩的心情让农户人把灵芝带走了，农户人因此得到了很多金银财宝。又过了一段时间，皇帝母亲的眼睛看不见了，御医说只有神蛇的眼睛入药才能管用，于是皇帝又把农户人找来，许以高官厚禄，让他去把大蛇的眼睛取来。农户人此时已经迷失了自我，有钱以后又想做官。他立马答应了皇帝的要求。大蛇还是想着报恩，只好忍痛让他挖去一只眼珠。皇帝母亲的眼睛复明后，皇帝让农户人做了宰相，他不思治国为民，只一味地享乐。日子长了，他开始担心自己死掉，不能再享受荣华富贵。他听人说吃神蛇心能够长生不老，于是又找到大蛇，要大蛇把心送给他让他长生不老。大蛇见他如此贪心不足，就张嘴叫他自己去挖，他刚钻到大蛇嘴里就被大蛇吞下肚里，再也没回来。

生肖在国外

在西方的神话故事中，蛇多数是以反面形象存在的。

最著名的就是诱惑夏娃吃禁果的蛇。亚当和夏娃无忧无虑地生活在伊甸园中，伊甸园中有棵禁止享用的果树，叫分辨善恶树，是上帝为考验人的信心而设置的。那时候所有的动物都很温驯、善良，只有蛇因为有恶魔撒旦附体而非常狡猾。有一天，恶魔撒旦以蛇的形象向夏娃显现，并不断地引诱夏娃去摘禁果。夏娃见那树上的果子非常新鲜而且光泽诱人，不知道比她吃过的其他果子好多少倍。她还听撒旦的蛊惑说吃了以后可以像上帝一样充满智慧。那一刻她忘记了上帝的告诫，终于伸手摘了那本来禁止人摘的果子，吃了下去；她又给了亚当，亚当也吃了。从此亚当和夏娃知善恶，被耶和华赶出了伊甸园。

在希腊神话中，美杜莎的头发就是无数条蛇化成的。美杜莎原本是一个无比貌美的少女，但由于和海神波塞冬之间的恋情惹怒了雅典娜，雅典娜把美杜莎的头发变成了无数条小蛇，并且任何看到她眼睛的男人都会变成石头，于是她成了人们口中的蛇发女妖。英勇的珀耳修斯独自与美杜莎战斗，最终他击败了美杜莎，并把她的头带回了塞里福斯，交给了国王。当他途经利比亚沙漠时，美杜莎的鲜血洒在了沙漠上，变成了各种各样的毒蛇，世界上增加了很多危险的蛇类。在希腊神话中，身为利比亚女王的拉弥亚美丽动人，众神之王宙斯因此爱上了她，但是宙斯的妻子赫拉因此十分妒忌，她除掉了拉弥亚所有的儿女以折磨拉弥亚，痛苦到疯狂的拉弥亚变成了人首蛇身的怪物，专门吸食人血。

在古埃及，蛇代表权力，法老的手杖大都是眼镜蛇的形象。古埃及的眼镜蛇神艾约代表下埃及，同来自上埃及的呈秃鹫外貌的拿禾泊特女神结成一对。在埃及神话中除了眼镜蛇神外，万神庙中最受人欢迎的女神即为掌管生育和繁殖的伊希斯女神，她的魔力和治愈疾病的力量非常强大。伊希斯是宇宙创始之神瑞的后代，她为了取代瑞的位置利用毒蛇咬伤了瑞，并以此要挟瑞说出自己的秘密。瑞无计可施，只好乖乖地把自己所有的魔力都传给了她。伊希斯用蛇来取得自己的权力和地位，从此蛇也成为保护埃及的神祇。

蛇在古印度同样被视为圣物，在印度，金刚道场的湖中央，有一个雕像是释迦牟尼佛在打坐。此处的故事是这样的，释迦牟尼成佛之前，曾在菩提树下打坐入定七天七夜，发愿不证悟从此不起，适逢天降大雨，大蛇出来为其挡雨。可见蛇是佛教中的护法守卫者。

生肖新鲜事儿

1. 蛇从进化之初就没有四肢吗?

蛇并不是从进化之初就没有四肢，它是爬行动物中进化过程中的最后一个分支。在进化过程中，它们的四肢已经完全退化消失了，依靠自身的骨骼和肌肉进行移动。根据现有的化石研究，蛇应该是起源于海生蜥蜴的。生活在距今一亿年前的后蛇与现代的蛇类有许多的相似之处，它们长有双脚，有着完全封闭的脑壳。最主要的是它们和现在蛇类一样拥有柔软的腭骨，可以吞下非常巨大的食物。蛇生活在海洋中，在进化的过程中，它们中的一支成为用尾巴和脚进行游泳的巨大海生蜥蜴；而另一支则逐渐退化了四肢，身体变得细长柔软，回到了陆地生活。在阿根廷发现的生活在七千万年前的原始蛇类迪尼利蛇就已经退化了四肢，完全适应了陆地生活。

2. 蛇有哪些与众不同的特征？

蛇是一种冷血动物，也称为变温动物。虽然生活在我们身边的动物像是狗、猫、鸡、鸭、鸟等看似大多是有着温暖体温的，但实际上地球上的大部分动物都是变温动物，除了哺乳类动物和鸟类，其他的动物都为冷血动物。冷血动物并不是指这些动物的身体都异常冰冷，而是因为没有自身调节体温的机制，它们的体温随着外界温度的变化而变化。当它们所处的环境温度升高时，这些动物的代谢率也随之增高，体温也就上升了。而当外界的温度开始降低，它们的代谢率也开始降低，体温下降。这时它们会选择冬眠或者到温暖的地方提高自身的体温。在自然界，变温动物更能适应外界环境的巨大变化，也能使用更为少的能量来维持自身的体温及各项生理机能。

除了作为冷血动物外，蛇独特的行走方式也让它区别于其他动物。它们不依靠四肢进行运动，而是依靠骨骼和肌肉进行爬行。并且蛇可以一口吞下比自己大很多倍的猎物，依靠自己强大的消化能力进行消化。

3. 蛇的胃很大吗？为什么可以吞下比自己更大的动物？

蛇之所以能够吞下比自己更大的猎物，主要原因并不是它们有超出其他动物的强大的胃。首先，因为它们独特的下颌悬系方式，不同于人类嘴巴骨头间的“榫头”连接形式，蛇的下颌是依靠韧带进行连接的，这使得它们在吞食动物时可以最大限度地张开口，张开角度一般都可以大于一百二十度，一些种类的蛇甚至能够达到一百八十度的惊人角度。其次，蛇的牙齿虽然不能咬碎猎物，但是它们独特的倒锯状排列，能够紧紧地扼制住猎物，让它们向自己的消化道推进，无法逃脱。最后，蛇颈部高度发达的皮肤及肌肉，使它们在吞咽巨大猎物时可以使食道扩张到最大，让巨大的猎物通过。

这样一来，在进食时，有毒的蛇类会先通过毒液对猎物进行攻击，无毒的蛇类依靠其尖锐牙齿的咬合及对猎物的缠捆，最大限度地张开大口，把动物的头部送入口中，用牙齿固定后，不断地通过下颌骨的运动完整地吞下。

4. 蛇与蟒有什么异同?

蟒，这个字的本义指的就是巨大的蛇，是蛇的一种。广义上的蛇是对于四肢退化的爬行动物的一种总称，理所应当地包括了蟒。蛇可以细分为三个亚目，分别是盲蛇亚目、原蛇亚目和新蛇亚目。蟒就属于原蛇亚目。蟒与我们狭义概念里细长的蛇最大的不同，就在于它们粗壮巨大的外形，作为世界上最大的蛇类，它们体长可以达到七米，重几十公斤。蟒蛇是无毒的，它们通常通过吞咽已经用身体紧紧缠住猎物的方式捕食，通过对猎物心脏的压迫，使其血液停止流动而亡。现阶段，蟒蛇的栖息地逐渐缩小，生活空间与人类相冲突，又受到大量的捕杀导致蟒的数量连年减少，在1988年就已经被我国列入一级保护动物。

5. 毒性最大的蛇是什么蛇?

蛇常常因为其毒性让人感到恐惧，而其中最赫赫有名的毒蛇当属眼镜蛇了，但是眼镜蛇却并不是世界上毒性最强的蛇类。世界上毒性最强的蛇是在澳大利亚西北部阿什莫尔群岛暗礁中生活的裂颏海蛇。其实海蛇作为蛇目眼镜蛇科中的一类，其毒性普遍高于在陆地中生活的毒蛇。不同于被眼镜蛇等毒蛇咬到时所带来的疼痛，海蛇的毒液主要对人体随意肌进行损坏，这使得人类在被咬后并没有特别强烈的疼痛感，并且往往在被咬伤后有三十分钟到三小时不等的潜伏期，极易被忽视。但实际上海蛇的这种毒液可以快速地被人体吸收，在被咬伤的几个小时到几天时间内死亡。值得庆幸的是海蛇很少会攻击人类，只有当受到骚扰时才会进行攻击。

6. 四脚蛇是蛇吗?

四脚蛇并不是蛇，而是在我国江浙一带对于蜥蜴和石龙子的一种俗称。它们并没有毒，也不会咬人，以有害的昆虫为食，为人类的生活带来了很多的便捷。四脚蛇全身覆有细鳞，并且有着非常发达的四肢，前肢后肢都长有五趾，顶端有钩爪，可以在草丛中飞速爬行。

7. 为什么响尾蛇的尾巴会一直发出声响?

响尾蛇是一种生活在美洲和非洲等地的一种独特的毒蛇，它们以摇晃身体时尾巴所发出的“嘎啦啦”的声响而得名。响尾蛇的尾部之所以能发出响亮的声音，是由于其尾部末端的一串角质环，这是它每一次蜕皮后遗留下的产物。一方面，当面临危险以及进行剧烈的活动时，这种独特的声响会起到震慑敌人的作用。另一方面，响尾蛇蛇尾所发出的类似流水的声音，既也可以起到诱惑猎物的作用，也可以进行蛇之间独特的交流。

8. 你知道哪些带有“蛇”字的成语?

杯弓蛇影。用来形容疑神疑鬼。这一成语出自应劭所著的《风俗通义·怪神》。讲的是有一个在河南做官的人，名叫乐广。他有一位非常要好的朋友，很久都没来拜访他，这使他很疑惑，于是便向好友追问不来的原因。他的好朋友就说：“前段时间来你家吃酒，正要喝酒时，却看到水杯中竟有一条蛇，我心中反感到极致。自从喝了那杯酒，我至今都重病不舒服。”听到缘由的乐广感到不可思议，酒杯中怎么可能会出现蛇呢？他转念一想，自己在河南居住的厅堂墙壁上挂着一张弓，怕是这弓的影子落在了朋友的酒杯中，让他误以为自己的酒中竟有一条蛇。于是，他又邀请了自己的这位友人前来，坐在和之前一样的位置上，他问朋友："你可又在酒杯中看到什么？"他的朋友看着酒杯里的酒说："还是如上次一般，这酒杯中怎么还有一条蛇呢？"于是乐广就告诉了好友这条"蛇"的真身原来就是墙上挂着的弓。知晓了真相的朋友终于豁然开朗，这个谜团解开了，他的病自然也就好了。

画蛇添足。这一成语用来形容人做了没有益处的多余事，也比喻无中生有的行为。出自《战国策·齐策二》。讲的是在楚国有一户人家，在祭祀过后准备了一壶好酒来犒劳前来帮助的人们。但是由于来参加祭祀的人很多，酒却是有限的，远远不够每一个人分，于是就有人建议，不如来一个小比赛。每个人都在地上画一条蛇，谁最先最快地完成了这幅画，就把这壶酒全部送予他喝。大家对于这个小游戏都兴趣盎然，于是比赛就开始了。在人群中有一个人画得尤其快，眼见他几笔便画出了一条蛇的样子，已经胜券在手。在他举起酒壶要喝的时候，他感到时间充裕，反而又拿起了笔给这条蛇加上了脚。正当他为蛇添脚的时候，另一个人完成了自己的画，一把抢过了酒壶说："蛇原本就是没有脚的，你又怎么能画蛇添足呢？"于是他后来居上，赢得了这壶酒。

9. “打草惊蛇”是怎么来的?

“打草惊蛇”这一成语原比喻惩罚了甲而使乙有所警觉，后多比喻做法不谨慎，反使对方有所戒备。南唐时候，有一个县令叫王鲁，这个县令爱财如命，为了敛财他贪赃枉法，不择手段。上梁不正下梁歪，王鲁手下的官员也都学王鲁，变着法地敛财，他们贪污受贿、敲诈勒索，巧立名目搜刮民脂民膏。当地百姓怨声载道，却无处上告。

一次朝廷派人探查当地官员的为官情况，当地百姓总算得到了诉苦的机会，他们将王鲁及其手下官员的所作所为一一罗列出来，写成了诉状。

状子先到了王鲁手中，他看到状纸上虽然写的是主簿贪赃枉法，但是一桩一件都和他平时所做的恶事一样。他心想，现在告的是主簿，下一个不一定是身边的哪个人，说不准就是告我的了，我这些年干了不少坏事，要是被揭发让朝廷知道了，我这官职和俸禄可就没有了。由于心中十分惊恐，他手抖着在状纸上写下心中真实的想法：“汝虽打草，吾已惊蛇。” 意思就是说，你虽然是在打地上的草，但我就像是躲在草里面的蛇一样，已经被吓坏了！打草惊蛇是三十六计之一，作为谋略，是指双方交战之时，在敌方实力没有暴露的情况下，不能轻敌冒进，以免惊动敌人。

10. “笔走龙蛇”的历史典故是什么？

“笔走龙蛇”形容书法雄健洒脱。唐朝时期，贺知章府上宴请宾客，正在酣饮之间，玄奘法师的弟子怀素到访，怀素的草书在当时非常有名。当时诗仙李白也在场。酒意正酣，贺知章提议李白赋诗一首，李白也不推辞，但是他提议怀素也展示一下他草书的功力让大家开开眼。贺知章久闻怀素酒酣之后墨才畅。于是一边让人给怀素斟酒，一边让人准备书案笔墨。

一会儿工夫，怀素放下了酒杯，飘然起立，堂上顿时一片寂静，大家都拭目以待。只见怀素展臂蘸墨，对着书案上的绢帛微微沉思，忽见他气沉丹田，手腕发力，飞快地书写起来。不多久，满地尽是灵气飞动的草书，几箱麻笺素绢顷刻用完。

怀素落笔就座时，李白的《草书歌行》亦已写就，当众诵吟道：“少年上人号怀素，草书天下称独步……吾师醉后倚绳床，……起来向壁不停手，一行数字大如斗，怳怳如闻神鬼惊，时时只见龙蛇走。……”贺知章评论说：“上人书写，左盘右旋，确实是只见龙蛇走啊！好字，好诗！”怀素的字，李白的诗，贺知章的评论，一时间传遍京城。

“笔走龙蛇”就此成为形容书法雄健洒脱的成语。

罪　马

这是一起罕见的恶性事故，让人不寒而栗。

阳光大马戏团到哀牢山一个名叫黑虎冢的村寨下乡慰问演出。按照惯例，下午演出车队开进村子后，演员们在村口草坪平整场地，然后搭建钢架，支起巨大的帐篷。马戏团不比其他剧团，其他剧团无论音乐、戏曲还是歌舞，都可因陋就简在农村的土戏台演出，也可将打谷场当作露天舞台进行演出，马戏团就没这么方便了，马戏团许多高难度杂技节目，尤其是动物演员表演的马戏节目，非得在大型帐篷剧场里才能演出。帐篷剧场支起来后，又布置灯光、布景和音响，忙碌停当，天已经黑透。演员们顾不上休息，赶紧换装化妆，带领自己所驯养的动物演员匆匆忙忙走台，熟悉环境，然后登台献艺。

开头还挺顺利，老虎钻火圈、人熊交谊舞、双胞胎走钢丝，好几个节目都演得相当出色，没有出半点纰漏。

按照节目表上的顺序，该轮到马演员出场表演了。

驯兽师兼马术表演家娄阿甲这天非常兴奋，用他自己的话说，到黑虎冢就等于回到老家了。他的父母在“文化大革命”时从昆明下放到黑虎冢劳动改造，后来在黑虎冢结婚成家，并在黑虎冢生下他。他在黑虎冢生活了整整十二年，一直到一九八二年才随落实政策的父母迁往昆明。虽然阔别近二十载，但乡亲们都还记得他，他一踏进黑虎冢，便有许多老人围上来拉着他的手嘘寒问暖，更有众多年龄相仿的儿时伙伴，争相请他演出结束后到家去喝酒叙谈，浓浓的乡情让他兴奋异常。

也许是出于对生他养他的故乡的眷恋之情，也许是想答谢父老乡亲的厚爱，娄阿甲演得特别卖力。他身着玫瑰红演出服，足穿亮闪闪马靴，系着宝石蓝领结，率领六匹浑身雪白的高头大马，气宇轩昂地跑进场地。他手执用绸带编织的大彩球，做出各种舞蹈姿势。随着他的舞姿变化，金鞍银辔披红挂绿的白马们变换各种队形。忽而后面的马踩到前面的马后背上，每匹马都用两条后肢行走，组合成一个小圆圈，忽而衔尾奔驰，后面的马嘴咬住前面马的尾巴，形成一个快速运动的大圆圈，忽而走出方形、菱形或三角形图案，整个场地五彩缤纷，宛如流动的花环，令人目不暇接。响起热情奔放的摇滚乐，六匹白马又排成一字横队，随着摇滚乐强烈的节奏，细长的马腿忽而右旋，忽而左蹁，忽而勾起前蹄踢踏地面，忽而尥蹶子跳出空中霹雳，尽兴表演马式现代舞。

这六匹白马都是娄阿甲一手带大的。马是通人性的动物，能感觉到主人的澎湃激情，受到主人情绪的影响，表现得十分出色。队形整齐有序，动作刚柔并济，情绪饱满亢奋，表演非常到位。毫不夸张，这是一场精彩的演出。

马戏节目告一段落，观众席上理所当然地爆发出热烈的掌声。

前来观赏演出的，都是黑虎冢和附近几个山寨的村民，感情上把娄阿甲当作自家人，为娄阿甲出色的表演颇感自豪，也含有捧场喝彩的意味，掌声经久不息，娄阿甲三次出来谢幕，那雷鸣般的掌声仍然潮水般涌来。

“高导演，让我加演一个节目吧。我想演‘超级马术’。”娄阿甲向幕后执行舞台监督职责的高导演提出请求。

所谓超级马术，是娄阿甲最近排练成功的新节目。表演者骑在骏马身上，一面快速奔驰，一面直立、倒立、跪姿、横卧、翻转、打滚，做着各种惊险的杂技动作。

“不行。你坐了一天汽车，够累的了。马坐了一天汽车，也够累的了。不能搞得太疲劳，明天还要到别处去演出呢。”高导演摇着头说。

“求您了，高导演。我妈生我时身体不好，没有奶，寨子里好几位婶婶轮流喂我。我是吃乡亲们的奶长大的，乡亲们对我恩重如山。我没有什么可报答他们的，唯有把自己最拿手的节目奉献出来。”娄阿甲说得很动情。

“我理解你的感情。”高导演说，“可是，这档节目有危险。人与马都很疲乏，又是在新场地演出，万一有个闪失……还是别冒这个险。”

马戏舞台，惊险度与危险度是呈正比的，节目越惊险刺激，蕴含的风险也就越大。超级马术可说是精彩绝伦，其事故率也高得惊人，国外对这档节目有过一个调查，骑手从马背上摔下来的比例高达12%，也就是说，演出一百场就有十二次事故。马在高速奔跑，人要在光溜溜的马背上忽上忽下旋转翻滚，谈何容易啊，稍有不慎，便可能失手滚落下来，轻则蹭破皮肉，重则伤筋动骨。

“高导演，您就放心吧。”娄阿甲拍着胸脯说，“我与白珊瑚朝夕相处十三年，它从未让我失望过。它是最棒的表演马，你绝对可以信任它。”

娄阿甲说的白珊瑚，是一匹中年牝马，也是整个马队的领头马。说起白珊瑚与娄阿甲的关系，确实非同一般。十三年前，白珊瑚出生刚半个月，母马就病死了。好像是口蹄疫之类的烈性传染病，同厩五匹表演马在两个月内全部暴毙，只剩下白珊瑚这匹还在吃奶的小马侥幸躲过劫难。娄阿甲当时刚参加工作，团里把白珊瑚交由他饲养。马属于娇贵动物，天天要刷毛、洗澡、遛腿、晒太阳，每一匹马都需要专人伺候。娄阿甲把白珊瑚带回自己的宿舍去养，人马同室住了半年多。冬夜寒冷，他就将棉被盖在小马身上，自己裹着一条薄薄的毯子睡觉。夏天蚊蝇肆虐，他就将唯一的蚊帐罩在小马身上，自己被蚊子咬得浑身是包。他还从菲薄的工资中省下钱买奶粉喂小马，每天踏着熹微晨光到三里外的滇池边割一筐带着露水的嫩草，给小马当饲料。夕阳西斜，他会带着它到草滩上追逐嬉闹。月亮升空，他会吹奏短笛给它消愁解闷。人心换人心，人心也换马心，马与人成了形影不离的亲密朋友。与动物打过交道的人都知道，你对动物好，绝对不会白好，你对动物投放的感情，就好比往银行存的钱，到期后就会连本带利得到补偿。三年后，白珊瑚变成亭亭玉立的成年雌马，对娄阿甲高度信赖，唯命是从，叫它做什么它就做什么，很快被训练成杰出的表演马。不仅如此，团里从荷兰陆续进口四匹牙口一岁半纯种奥赛特竞技马，白珊瑚还主动协助娄阿甲调教和训练这四个新来的同类，示范演练，言传身教，谁在排演厅调皮捣蛋或偷懒不好好练，它还会冲上去啃咬教训。行话说，人驯兽慢如爬，兽驯兽快如飞。有白珊瑚参与管理和培训，那四匹新加盟的奥赛特竞技马进步很快，八个月后就能跟着白珊瑚登台表演节目了。更令人喜出望外的是，白珊瑚在最近四年内连续产下两匹小马驹，称得上是个理想的母亲，不但将小马驹抚养长大，还积极引导它们从小接受马戏训练，经过几年坚持不懈的努力，其中一匹名叫蓝宝贝的公马已成为合格的表演马，另一匹名叫雪姬的小母马，也可以作为马队的替补演员，在其他马患病或情绪不佳时，顶替正式马演员上台演出。娄阿甲也因成绩突出，被授予“驯兽师”和“马术表演家”的称号。

白珊瑚在十年演出生涯中，从未出过任何事故，称得上是匹经得起考验的好马。任何人做梦都不会想到，它会将心心相印的主人送往不归路。

高导演思忖了一会儿，点点头说："那好吧，就成全你，加演超级马术。不过一定要小心，速度放慢点，难度大的动作省略不做，安全第一，谨慎为妙。"

娄阿甲连连点头称是，食指弯勾含在舌尖下，吹了一声悠扬的唿哨。正在帐篷外吃草的白珊瑚立即停止进食，挤开其他白马，快步来到娄阿甲身边。娄阿甲卸掉金鞍银辔和垂挂在马头上的五彩璎珞，换上特制的马鞍和缰绳，拍拍光滑的马脸，在马耳边轻声说："嘿，老朋友，今天是很特别的演出，报答父老乡亲对我的养育之恩，你可得卖力哟！"白珊瑚昂首嘶鸣，表示它听懂了。娄阿甲兴高采烈地翻身上马，奔进帐篷剧场。

一进帐篷剧场，娄阿甲便将高导演的嘱咐抛于脑后，策马狂奔，丝毫没有减慢速度。他忽而倒挂在马颈下，忽而仰躺在马背上，忽而站立在马鞍上，玫瑰红的演出服在雪白的马匹上翻滚舞动，就像太阳在雪峰上颠跳跃动，令人眼花缭乱。

第一流的骑手，第一流的马，人与马配合默契，高度和谐，融为一体。

白珊瑚不愧是奥赛特竞技马的后裔，体型健壮优美，肌肉饱满发达，脖颈光滑细腻，长着一双罕见的蓝眼睛，身体呈漂亮的流线型，尤其抢眼的是，浑身雪白，没有一根杂毛，马鬃飘扬如雪尘，马尾挥动如银丝，神态优雅稳重，举止雍容华贵，奔跑起来像一朵随风飘荡的亮丽的云。

掌声如暴风骤雨，欢呼声此起彼伏。

娄阿甲双足倒钩在鞍镫上，身体弯曲像条灵动的蛇，钻到马肚子下去了。这叫火龙穿肚，从左侧的马肚子下穿过去，又从右侧的马肚子下钻出来，连续三个循环。这在超级马术中是最高难度动作，对表演马和骑手都是个严峻考验。马必须按精确的速率匀速奔跑，既不能快也不能慢，必须按固定的步姿运动，不能随意调换姿势或改变步伐，还必须顺着圆形场地按既定线路兜圈，不能有任何偏离或出轨。骑手要借用马在奔跑时的起伏颠簸，掌握身体平衡，把握动作节奏，人与马配合得天衣无缝，才有可能获得成功。表演过程中，骑手好几个动作已接近人体运动的极限，毫不夸张地说，这档节目比攀岩运动更险象环生。娄阿甲不愧是马术表演家，面带微笑，动作娴熟地在马肚子下循环了两圈半。他的脑袋第三次从右侧马肚子下钻出来，只要手伸上来抓住马鞍上的皮带，引体向上攀爬到马背上，这个最高难度的杂技动作就算顺利完成，整套马术表演也就圆满结束了。

应了那句乐极生悲的古话，灾难往往发生在离胜利仅有一步之遥的时候。

就在娄阿甲的脑袋从马肚子右侧钻出来的刹那间，场地中央被铲倒的一蓬野草间，突然哧溜蹿出一条一米来长的虎斑游蛇来，嘴里吞吐着鲜红的蛇芯子，飞快朝马蹄下游来。虎斑游蛇亦叫“野鸡脖子”，顾名思义，身上红红绿绿，色彩斑斓。灯光照耀，在用黄土铺就的场地里，虎斑游蛇显得格外醒目。毫无疑问，演员们刚才平整场地时没能把野草铲除干净，没有发现隐藏在草根下的蛇洞。马蹄声声，把虎斑游蛇从睡梦中惊醒。马眼敏锐，白珊瑚冷不防看到一条花里胡哨的蛇蹿到自己脚下来了，出于对蛇的本能恐惧，出于对突然袭击下意识的反应，马头猛地一扭，斜刺蹿出去，偏离了原先的路线。刚才已经交代过了，马戏团的帐篷剧场，是由钢架支撑起来的。白珊瑚斜刺蹿跃，刚好就从钢架旁擦身而过。马的奔驰速度没有放慢，娄阿甲的脑袋恰好在这个时候钻出马肚，只听“咚”的一声闷响，就像葫芦摔在石头上的声音，他的后脑勺重重砸在工字形钢柱上，巨大的帐篷猛烈摇晃。他从马上掉了下来，直挺挺躺在地上。

剧场一片死寂，人们被这突如其来的事故惊呆了。

再说白珊瑚，娄阿甲撞落倒地后，它又顺着惯性朝前冲出几步，很快意识到出了问题，立即掉头跑回主人身边，马嘴咬住主人衣袖，想把跌倒的主人搀扶起来。

这时候，人们已从震惊中回过神来，父老乡亲和马戏团演职员纷纷涌到场地内，大声呼唤娄阿甲的名字，娄阿甲双目紧闭已昏死过去。他的后脑勺被砸开一个血洞，汩汩冒着鲜血。高导演一面让随团刘医生赶紧给娄阿甲包扎，一面大声吩咐司机赶快发动汽车好送娄阿甲到县医院救治。

那条虎斑游蛇早就被乱棍打断七寸，像条烂草绳扔出帐篷剧场。

大家分头忙碌，演出场乱得像锅粥。好多人围上来想看看娄阿甲的伤情，以娄阿甲为轴心围观的人形成了一个大圆圈，拥挤推搡间，很自然就把白珊瑚挤到圆圈外面去了。白珊瑚焦急地咴咴叫着，在圆圈外转了好几遍，钻头觅缝想挤到圆圈里去。但人墙厚密，马的身体庞大，愿望屡屡落空。它火了，咬住一位老乡的衣肩，用力拉拽，又用马蹄踩人家的鞋跟，还用结实的胸脯撞人家的背。人群一阵骚动，纷纷朝两边躲闪，人墙裂开一个豁口。它一头扎了进去，又要自作聪明地用马嘴叼咬衣袖把娄阿甲搀扶起来。高导演正在帮助刘医生往娄阿甲头上缠绷带，气不打一处来，照准马脖子狠狠抽了一巴掌，又朝着马胸脯重重踹了一脚，怒喝道："该死的东西，都是你闯的祸！你还来添乱，我把你扔到澜沧江去喂鱼！"

白珊瑚大约自知理亏，不敢与高导演顶撞，气咻咻地退出人墙。管理员老费想抓住它的缰绳把它拴到钢架上去，它灵巧地避开了，又冲开两个想阻挡它的村民，奔出帐篷去。

帐篷外，黑夜浓得像化不开的墨，传来马凄凉的嘶鸣声。

* * *

雪亮的车灯撕破夜幕，越野吉普小心翼翼地往县城开去。这是一段狭窄的简易公路，坡陡弯急，路面坑坑洼洼。司机紧张地转动方向盘，尽量使车子保持平稳。

娄阿甲躺在后座上，仍然昏迷不醒。刘医生用听诊器在娄阿甲胸口摸索着，神色严峻地说："他的心跳越来越微弱了，我已经给他注射了两支强心针，好像不管用。"高导演眉头皱成疙瘩，用沙哑的嗓音对驾驶员说："开快点，换换挡，多踩点油门！"司机嘟囔道："路况太差了啊。"高导演没好气地说："路况再差，也不能把汽车开得像乌龟爬！”司机不再吭气，咬咬牙，将二挡换成四挡，踩住油门不放，越野吉普怒吼着，加快速度向前猛冲。公路上不仅有许多被洪水冲刷出来的水坑，还有从山上滚落下来的大大小小的石头，水坑和石头星罗棋布，很难完全绕开。一会儿前轮驶进水坑，一会儿后轮碾着石头，忽高忽低，车子剧烈颠簸，就像在跳霹雳舞。

突然，娄阿甲睁开眼睛，嘴唇翕动着，似乎想说话。他撞伤后，一直处于昏死状态，还是第一次醒过来。他的声音微弱，汽车的引擎声又太响，高导演耳朵附到他嘴唇上，这才听清他在说：“……慢……慢点……请……开慢点……”

“慢点，开慢点，伤员吃不消了！”高导演大声吩咐。

司机又换成低挡，松开油门，车子缓慢行驶，平稳了许多。

“……开……得……太快，它……追不上，马是跑……不过……汽车的呀。哦……它在叫，还……还有马蹄声……”娄阿甲断断续续地说道。

高导演和刘医生面面相觑。毫无疑问，娄阿甲说的是白珊瑚追赶汽车来了。这可能吗？到目前为止，高导演和刘医生，还有那位司机，谁都不知道白珊瑚正在追赶汽车。娄阿甲昏迷不醒，怎么会晓得白珊瑚正尾随汽车奔驰？就算他没有昏迷，脑袋上除了嘴巴、鼻孔和眼睛，其他部位都缠满绷带，尤其两只耳朵，被厚厚的绷带缠绕，又是在行驶的汽车中，发动机的轰鸣声如此响亮，他怎么听得到马在叫，怎么听得到马蹄声声？

“这肯定是幻觉，脑部受伤者会产生幻听幻视现象，医学上叫作谵妄，所说的话当然就是谵语，也就是胡言乱语。”刘医生小声对高导演说。

“请……停车，让它……歇……口气，它跑得……太……累了。”娄阿甲请求道。

“那好吧，靠边停车，休息几分钟。”高导演说。

越野吉普停在公路边，荒山野岭，万籁俱寂，只有夜风吹动树叶的沙沙声。过了约几分钟，公路上响起“嘚嘚”的马蹄声，声音由远而近，由模糊逐渐变得清晰。借着汽车尾灯朦胧的光线，一匹白马渐渐映入高导演和刘医生的眼帘。果真是白珊瑚，四条马腿沾满泥浆，浑身热气腾腾，好像刚揭开盖的蒸笼，连马鬃也被汗水濡湿了。它来到越野吉普旁，大口喘息着，马脸贴在车窗上，朝车内张望。那双秀丽的马眼，泪光迷蒙，蓄满哀伤。

“真是不可思议，”刘医生轻声说，“也许是心灵感应。”

“我们开了多少公里啦？”高导演问。

司机看了看仪表盘上的里程表说：“已经走了二十三公里。还有十公里就到县城了。”

也就是说，白珊瑚跟在汽车后面一口气奔跑了二十三公里，这对一匹马戏舞台上的表演马来说，可以说是空前绝后的创举了。

车厢亮着顶灯，高导演看得很清楚，当白珊瑚那张痛苦的马脸出现在车窗时，娄阿甲黯然无神的眼睛突然亮了一下，就像划燃了火柴，但光亮转瞬即逝，就像火柴刚划燃却又被狂风吹灭了，他的身体扭曲痉挛，眼睛看着高导演，嘴唇微微翕动。

高导演赶紧将耳朵贴到他嘴唇上，听到他艰难地吐出这么一句话来：

“……求……您……了……别……难……为……它……”

高导演想说点儿什么，可没等他说出来，娄阿甲就闭上了眼睛。

刘医生捏着听诊器，惊慌地叫道：“糟糕，他的心跳好像要停止了。”

“快，快开车！”高导演大声说。

越野吉普在公路上中速行驶，白珊瑚在车子后面紧追不舍。

还没到县医院，娄阿甲就停止心跳没有呼吸了。

＊＊＊

黑虎冢离昆明有四百多公里，长途运送尸体，要到公安、民政、卫生等部门办理相关手续，非常麻烦。乡亲们提议，娄阿甲是在黑虎冢出生，又是在黑虎冢不幸以身殉职，按照当地风俗，人死后能安葬在生他养他的土地上，是人生最理想的归宿了，希望能在当地厚葬娄阿甲。征得家属同意，决定就在黑虎冢为娄阿甲办理丧事。

墓地选择在风景秀美的南山麓，背靠雄伟壮丽的哀牢山，面朝浩浩荡荡的澜沧江，四周青松翠柏，漫山遍野杜鹃花，鸟鸣山谷，风吹竹篁，晨起饮仙露，日落披红霞，比大城市边缘拥挤不堪的公墓不知要好多少倍。

葬礼很隆重，按照当地习俗，请神汉跳鬼，请巫娘念经，请吹鼓手鸣锣吹箫，请阴阳先生在墓区步罡踏斗焚烧符箓，召唤天罡地煞前来护法守灵。娄阿甲的遗孀——阳光大马戏团乐队扬琴手欧阳花贝，带着女儿娄楼，专程从昆明飞来。马戏团下乡慰问演出的全体演职员，黑虎冢父老乡亲连同附近几个村寨的群众共计三百余人参加了葬礼。

白珊瑚也被牵到墓地来了，马背裹着白麻，马颈缠着黑纱。它是肇事马，理应为惨遭不幸的主人披麻戴孝。这确实是匹通人性的马，似乎也懂得什么叫死亡，垂首肃立在墓前，当棺材徐徐送进墓坑，它噘起马嘴，发出悲伤的嘶鸣。

在一片哭泣声中，大地隆起土丘，竖起石碑，葬礼接近尾声。

黑虎冢头发花白的老村主任带着四位手执长矛的年轻汉子来到高导演面前，鞠了个躬说："按照我们山寨的风俗，应该杀了它。它是罪马，它是祸根，它害死了它的主人，理应用它的血祭奠娄阿甲的在天之灵。"

高导演沉默无语。在马戏团，也曾发生过动物伤人事件，那是十多年前的事了，一位女驯兽员正在给一只老虎训练跳跃障碍的节目，也不晓得是什么原因，那虎突然间兽性大发，扑上去一口咬住女驯兽员的脖子，女孩的脖子细嫩光滑，哪里经得起虎牙噬咬，咔嚓一声，便颈椎粉碎性骨折，做了虎口冤魂，后来因家属强烈要求，将罪虎关在一个狭小的铁笼里，实行枪决。有这样的先例，似乎也应该用同样的方式处置白珊瑚。杀人偿命，血债要用血来还，对犯罪的人尚且如此，对犯罪的动物更应该如此。可高导演总觉得，眼下这起事故，把责任完全怪罪在白珊瑚身上，似乎有失公允。无论从哪个角度讲，这起事故只能算是一个意外。意外伤害与蓄意谋杀是两种不同性质的犯罪，处以极刑似乎有点量刑过重了。

从经济角度考虑，高导演也觉得这么做对马戏团来说损失太惨重了。白珊瑚是奥赛特竞技马的后裔，奥赛特竞技马在世界上颇有知名度，是十八世纪一位酷爱马技表演艺术、名叫奥赛特的伯爵驯养而成的，可以说全世界著名马戏团使用的演出马多为血统纯正的奥赛特竞技马。奥赛特竞技马不愧是经过三百年精心培育而成的良种马，皮毛白得就像阿尔卑斯山终年不化的冰雪，令人赏心悦目。除了形象极具观赏性外，头脑也聪慧伶俐，天生具备演马技的素质，四条腿会随着音乐有节奏地左右横移，跳出马步迪士高，还会主动配合马背上的骑手表演各种技巧动作。它们是为马戏存在的，它们天生就是优秀的马戏演员。现在国际市场上，一匹年富力强、训练有素的奥赛特竞技马，价值六万美元，即使是一匹两岁龄以下还没受驯的马驹，标价也在三万美元左右。人死不能复生，何苦还要白白扔掉六万美元呢。

还有更麻烦的事情呢，白珊瑚是马群中的头马，是六匹演出马的核心与灵魂。马是一种讲究尊卑秩序的动物，尤其是年轻的公奥赛特竞技马，都有出“人”头地的勃勃野心，都有强烈的征服欲和权力欲。白珊瑚资历深、体格棒、演技好，另外五匹演出马除了一匹捣蛋分子外，其他四匹演出马对它口服心服，已习惯在它的统治下生活，要是白珊瑚被处死，马群就会出现权力真空，后果不堪设想。上海马戏团就出过这样的事，一匹名叫劳伦的头马到外地演出时被卡车撞死，马群里几匹公马谁也不服谁，谁都想当老大，谁都想爬到首领的位置上去，引发激烈的地位角逐，互相啃咬撕斗，大打出手，闹得马心惶惶、乌烟瘴气，整整半年无法正常演出，最后有两匹公马在内讧中死于非命，另一匹公马登上首领宝座，权力风波才算平息，但整个马群已经元气大伤，演出马由原先的七匹锐减至四匹，好几个大型节目都没法再演了。谁能保证，白珊瑚死后，阳光大马戏团马群不会步上海马戏团马群的后尘呢？

处死白珊瑚，绝无可能让娄阿甲死而复生，何必要白白糟蹋珍贵的奥赛特竞技马呢！

高导演虽然很想保全白珊瑚，却不敢把想法说出来。死者的亲属沉浸在巨大的悲痛中，荒唐的复仇虽然对死者毫无意义，却对死者的亲属是有效的宽慰。不管怎么说，娄阿甲是骑在白珊瑚身上被撞死的，意外伤害也罢，突发事故也罢，白珊瑚都难辞其咎。亲属要求处死肇事马，也不能说是横蛮不讲理。他若强行阻止这场血祭，从感情上和道理上都很难说得过去。倘若死者的亲属责问他：人被马害死了，却免予追究马的刑事责任，难道人的生命还不如一匹马值钱？他将无言以答。更何况，黑虎冢的乡亲们固执地认为白珊瑚就是灾星，已经准备好用古老的祭奠方式在墓前剽杀罪马。人心所向，众望所归，他能有什么办法呢。

“哦，娄阿甲不愧是最优秀的马术表演家，他临终前留下的最后一句话是，白珊瑚是匹好马，求我千万别为难它。”高导演小声对站在身旁的欧阳花贝说，“我现在跟你说这话，确实不太合时宜，我没别的意思，我只是想如实转达娄阿甲的临终嘱咐。”

高导演是个聪明人，他晓得，现在唯一可行的办法，就是说动死者的遗孀，放弃这场无谓的复仇。在要不要处死白珊瑚这个问题上，毫无疑问，死者亲属有最大的发言权。欧阳花贝是死者妻子，最重要的亲属，她在这个问题上可说是一言九鼎。

欧阳花贝默默流着泪，对高导演的话没有任何反应。

老村主任转身朝一位年轻汉子耳语了几句，那位年轻汉子将长矛横咬在口中，从裤腰带上抽出一条黑布，走到白珊瑚面前，动手蒙住马的眼睛。

黑虎冢有剽牛习俗，剽牛前都要用黑布蒙上牛的眼睛，剽牛者因此可以减少杀生的心理负担，据说也可避免冤死的牛从阴间回来报复剽牛者。

白珊瑚绝不是那种性格软得像糯米团似的骗马，谁都可以靠近触摸，恰恰相反，白珊瑚的血统属于马中贵族，性子刚烈而自尊，不是很熟悉的人，休想靠近它，更别说触摸它了。假如它没被缰绳拴在马厩或木桩上，陌生人走到离它还有两三米远的地方，它就会扭身避开，始终保持一个恰当的警戒距离。假如它是被缰绳拴在马厩或木桩上，陌生人靠近它时，它会从鼻孔喷出粗气，威胁地咴咴嘶鸣，或者抬起前蹄踩踏，或者转过身来尥蹶子。曾发生过这么一件事，三年前马戏团到中缅边境重镇芒市去演出，从金三角来了一个盗马贼，半夜偷偷溜进马棚，想盗走白珊瑚。该盗马贼祖孙三代都干这档营生，祖传手艺，练就一手盗马绝技，据说凡是被他相中的马，没有哪匹能逃脱被盗的命运，他闯荡江湖三十余年，从未失过手，在金三角一带颇有名声，人称“牵马仙”。这家伙果然有绝活，穿一身夜行黑衣，蜥蜴似的爬进马棚，冷不防“噌”地在白珊瑚面前站了起来，白珊瑚吓了一跳，本能地张嘴想叫唤，还没等它发出声来，牵马仙眼疾手快，将一大坨蜂蜜拌炒米粉塞进马嘴，叫声被堵了回去，又香又甜的美食已经在嘴巴里了，吐掉怪可惜的，贪食是一切生命的本性，马嘴不由自主地咀嚼起来，牵马仙又飞快地将一个特制的脸罩套到马头上。白珊瑚觉醒自己上当了，想把蜂蜜拌炒米粉吐出来，已经迟了，马嘴已被特制的脸罩卡住，无法张开了。出于自卫的本能，白珊瑚举起前蹄踩踏，牵马仙早有准备，瘦小的身材比猿猴还灵活，在马蹄刚刚抬举起的瞬间，扭身闪到马颈下，熟练地将两只专门盗马用的棉套套在了马前蹄上。白珊瑚一看前蹄踩踏不起作用，便掉转马头想用马的撒手锏——尥蹶子来对付盗马贼，狡猾的牵马仙早就蹲到马肚子底下去了，马后蹄刚离开地面，又手脚麻利地“唰唰”两下，用厚厚的棉套将马后蹄也套住了。牵马仙这才不慌不忙地解开横杆上的缰绳，把白珊瑚从马棚拉到院子。正值凌晨三点，守夜的保安蜷缩在椅子上已进入梦乡。马嘴被脸罩卡住，想叫也叫不出来，马蹄被棉套套住，走在石板上悄无声息，想用马蹄声报警也是枉然，缰绳也抓在盗马贼手里，白珊瑚被迫跟着盗马贼往院门外走。牵马仙心里乐滋滋的，到了这个份儿上，盗马就算盗成功了，可以说是三根指头捏田螺——十拿九稳。院门已被打开，还差几步就要跨出门去了，白珊瑚马蹄蹬着地面，不管缰绳拉得有多紧，再也不愿往前走。牵马仙瘦削的脸上浮起奸笑，抽出随身携带的一根约一米长的细竹棍，棍梢绑着半寸长的铁钉，俗称“断魂棍”，照准马脖子轻轻点了一棍，没有发出棍子抽打的声响，那锐利的铁钉扎进马皮，就像被黄蜂蜇了一口，白珊瑚身体忍不住抽搐，绷得铁紧的马腿因抽搐而松劲，牵马仙趁机猛烈拉拽缰绳，白珊瑚身不由己地往前跨了两步。马腿已站在院门口了，牵马仙在门外，白珊瑚在门内，一个拽紧缰绳用力要把对方拉出门去，一个绷直四条腿竭力不让对方企图得逞，双方又处于拔河比赛状态。牵马仙故技重演，又扬起断魂棍来点击马脖子，这一次，没等铁钉扎进马皮，白珊瑚突然朝前跨越两步，后拉力骤然变成前冲力，就像拔河比赛时一方突然放松了绳子一样，牵马仙没有任何防备，仰面跌倒在地，没等他爬起来，愤怒的白珊瑚已冲了过来，马前蹄雨点般踩踏到他的身上，虽然马掌上套着棉套，就像拳击手戴着拳击套，打击力和伤害程度降低了许多，但结实的马腿外加马身体的重量，那马蹄仍是厉害的武器，踩踏得牵马仙在地上抱头打滚，胸部和大腿被踩得青一块紫一块，鼻子被踏歪了，好几颗门牙也被踏断了。牵马仙怕惊醒保安，既不敢叫救命，也不敢哭出声，好不容易爬了起来，还没等他站稳，白珊瑚已迅速掉转马头，勾紧马脸，挺动马腰，玩了个漂亮的尥蹶子，两只后马蹄刚巧蹬在牵马仙的屁股上，牵马仙人瘦体轻，被蹬得飞了起来，重重撞在院门上，哐啷一声，院门也被砸落下来，人们从睡梦中惊醒，奔出屋子，不费吹灰之力就把赫赫有名的盗马贼给生擒了。事后牵马仙哀叹说，他这辈子共盗得四百零七匹马，从没遇见过脾性像白珊瑚这般倔强的马，马嘴被脸罩卡死了，马蹄被棉套套住了，缰绳紧紧拽在人家手里，马脖子也被断魂棍刺伤了，却还不肯屈服，不肯服输，不肯就范，更让他万万没有想到的是，白珊瑚竟然还会使用计谋，在双方拼命拉扯时，突然松劲并就势朝前跨越，把他摔得四仰八叉。这家伙说，栽在白珊瑚身上，他不觉得冤枉，也不算辱没他的名声。

就这么一匹性情刚烈的马，就这么一匹高贵自尊不愿让陌生人靠近的马，当那位年轻汉子用黑布绑扎它的眼睛时，竟然没有丝毫反抗，既没有举蹄踩踏，也没有扭头躲闪，听任一双陌生的手在它脸上摸来摸去，顺从得就像一匹用木头雕出来的死马。

只有一种解释，白珊瑚目睹娄阿甲被埋进土里，晓得是因为自己的过错导致主人死亡的，它意识到自己犯下了不可饶恕的弥天大罪，已放弃求生的想法，愿意接受最严厉的处罚。

没费多大劲儿，白珊瑚的眼睛就被蒙上了。

老村主任双手捧着一只刻着经文念过咒语的大木碗，高高擎过头顶。这是一个信号，四个年轻汉子从东、南、西、北四个方向围住了白珊瑚，古铜色的脸庄严狂热，裸露的胸脯和双臂饰有神秘的文身图案，挥动长矛跳起拙朴的祭神舞。这是古老的拜祭仪式，也是剽杀生灵的前奏。当他们顺绕三圈逆转三圈后，闪耀寒光的长矛就会无情地扎进马的身体，老村主任将用那只祖宗流传下来的大木碗，像从自来水龙头接水一样，从长矛戳穿的血洞盛一碗热腾腾的马血，祭洒到娄阿甲的坟上。

血色黄昏，给大地涂上一层凄艳的色彩。

高导演叹息一声把头转了过去，想要保全白珊瑚的希望破灭了，他不愿欣赏这血淋淋的剽杀场面。

白珊瑚伫立在墓碑前，仍是垂首默哀的姿势，静静等待厄运降临。

人与动物发生纠纷，动物伤害了人，不管是误伤还是凶杀，都是动物的错，杀你没商量，人类制定的法律，必然是偏袒人类的。

四个年轻汉子已经顺绕三圈并逆转两圈，手中的长矛已分别指向马身体的各个部位，一场血腥的杀戮即将展开。就在这节骨眼上，突然，娄阿甲七岁的女儿娄楼尖叫一声从妈妈的怀里挣脱出来，像蝴蝶一样飞奔到白珊瑚身旁，抱住一条马腿放声大哭起来："呜呜，不要杀它！它是我的朋友，呜呜。"

四个年轻汉子不得不停止跳祭神舞，不得不停止挥舞长矛，把征询的目光投向老村主任。

娄阿甲生前经常带着宝贝女儿到马厩玩儿，娄楼还骑在白珊瑚背上照过许多相，彼此熟悉得就像老朋友。白珊瑚虽然马眼被黑布蒙住，但用耳朵听用鼻子闻也能判明是谁来到它身边，它缓慢扭过头去，伸出舌头在娄楼辫梢上轻轻舔吻。

"小孩子家，不兴胡闹！"老村主任皱着眉头来拉娄楼，"它是害死你爸的罪魁祸首，我们是在惩罚凶犯，你难道要包庇害死你爸的罪马吗？"

"呜呜，假如是我突然看见一条蛇蹿出来，呜呜，我也会吓得逃走的，呜呜，这不能全怪它呀！"娄楼哭着替白珊瑚辩解。

"娄楼乖，娄楼最听大人话了，把手松开。"老村主任哄劝道。

娄楼非但没有松手，反而把马腿抱得更紧了。

老村主任朝吊唁人群中一位中年妇女招招手，做了个让她把娄楼抱走的姿势。中年妇女一手搂紧娄楼的腰，另一只手扳松娄楼的手指，强行要把娄楼从白珊瑚身旁带走。

娄楼踢蹬着腿拼命挣扎，尖起嗓子号叫："爸爸，快来呀，救救白珊瑚，他们要杀你最心爱的马啦！"

欧阳花贝长长叹息一声，迈动像灌满铅一般沉重的双腿，走到墓碑前，拍拍那位中年妇女的肩，示意她放掉娄楼，又解开蒙住马眼的黑布，哽咽着说："求大家了，放过这匹白马吧。阿甲生前最喜欢这匹马了。他和这匹白马照的相，比和我照的相多得多。他不止一次跟我说过，我们家不是三口人，而是四口人。他确确实实把这匹白马看作我们的家庭成员。刚才高导演对我说，阿甲临终前留下的最后一句话，是要我们别为难这匹白马。我相信高导演没有诓骗我，我相信阿甲的确会这么说。放过这匹白马，原谅它的过失，阿甲在九泉之下也会含笑对你们说声谢谢的。"

连死者的妻子与女儿都不赞成血祭，其他人当然就不好再坚持了。

老村主任悻悻地甩袖而去，四个年轻汉子也收起长矛，跟着老村主任头也不回地下山去了。

人们发现，白珊瑚的眼睛里潮乎乎的，似乎蒙着一层泪水。

高导演深深地朝欧阳花贝鞠了个躬，激动地说：“我代表阳光大马戏团，谢谢你的善良和宽容。”

＊＊＊

下乡慰问演出结束了，全体人马回到昆明。

马术队除了娄阿甲外，还有一个名叫屠清霞的女演员。小屠是艺术学院马戏专业毕业的高才生，到阳光大马戏团工作已有两年，与这群奥德赛竞技马相处得挺和谐。她很快发现，白珊瑚从黑虎冢回来后，好似换了一匹马，整天耷拉着脑袋，一副愁眉苦脸的样子。以往，她给它刷毛，它会撩起拂尘般洁白的马尾巴，轻轻拍打她的身体，以表达感激之情；现在，她辛辛苦苦给它刷毛，它就像块无感觉的石头，什么表示也没有。以往，要进行训练或排演新节目了，她只要站在马厩外吆喝一声，它会立刻精神饱满地奔出来，扬鬃奋蹄嘶鸣，态度很积极；现在，她在马厩外喊破嗓子，它也耳聋似的没有反应，她必须跑进马厩抓住缰辔，才能把它牵到训练场，态度变得非常消极。以往，它的头马意识强烈，在训练时，其他几匹演出马动作出现纰漏，或者偷懒贪玩思想开小差，不用驯兽员督促，它会主动出面干预，打着响鼻发出威严的嘶鸣，进行严厉警告，迫使调皮捣蛋者乖乖就范；现在，其他演出马即使赖在马厩里不肯出来参加训练，它也听之任之不加以任何管束，训练时有的演出马走错了步子，队形乱得一团糟，它也无动于衷似乎什么都没看见。马是群体意识很强的动物，头马的行为对马群具有示范和表率作用，头马的精神状态对马群具有很大影响，其他五匹马也很快变得情绪低落，死气沉沉。

小屠把情况向高导演做了汇报，她担心这样下去，生气勃勃的马队会变成一盘散沙。

高导演说："马是讲感情的动物，白珊瑚刚失去心爱的主人，就像人死了亲属还在服丧期一样，悲痛还没有过去，免不了会影响情绪，再过一段时间就会好的，时间会抚平心灵的创伤。哦，你要待它好一点，加强感情交流，帮助它消解哀伤，尽快恢复正常。"

小屠是个对工作很负责任的姑娘，她索性把铺盖搬到马厩旁小木屋，不分白昼黑夜与这群表演马厮混在一起。对白珊瑚，她照顾得格外细心，以往是一天刷一遍毛，现在是每天刷两遍毛，过去是有演出任务喂精饲料，没有演出任务喂精、粗饲料搭配的混合饲料，现在是不管有没有演出任务，一律喂精饲料。为了增加彼此感情，她延长白珊瑚的遛腿时间，由原来的每天半小时改为每天一小时。半夜醒来上厕所，也会拐个弯去到马厩，或往食槽里添把料，或往水槽里添缸水。俗话说，精诚所至，金石为开，她希望通过自己的努力，能让白珊瑚的情绪振奋起来，让涣散的马队恢复正常秩序。

然而，事与愿违，心血与感情仿佛扔在水里，三个月过去了，白珊瑚仍然灰心丧气的样子，低落到冰点的情绪丝毫也没有升温的迹象，时间未能愈合它心灵的创伤，恰恰相反，就像酿酒一样，时间越长苦酒越浓味道也越苦。有好几次，在舞台上演出时，演着演着，白珊瑚突然就停下来了，像痴呆马似的站在舞台上发愣，马队正在排列对称的队形，或者群马正在表演马步迪士高，马队表演是个整体，它停下不演了，其他马想演也演不成了，队形排列立刻就散了架，常常造成舞台秩序混乱，已发生多起“乱场”事故，观众颇有微词。

所谓“乱场”，是马戏团的专用术语，是指由于驯兽员指挥失误或其他原因，动物演员在舞台上不听使唤，胡乱闹腾，将节目演砸了。

这样下去当然不行，高导演亲自出面，当白珊瑚再次在训练场不听使唤消极怠工时，他将它拴在柱子上，严加训斥。

马是有灵性的动物，马犯了过失，主人厉声呵斥，往往就能让马明白做错了什么，从而改正缺点并修正自己的行为。

高导演用鞭子抬起马的下巴，人眼瞪马眼，人眼射出两道威严的光："你给我好好听着，娄阿甲死了，你很内疚，也很难过，这我们能理解。可事情过去四五个月了，你还这样萎靡不振，这也实在太过分了吧！当初没把你剽杀血祭，留下你的性命，不是让你凄凄惨惨无休无止悲痛下去的，而是要你更努力地演好马戏节目，你要搞清楚了！"

白珊瑚目光依然凄迷，马头扭转去，显示对这套说教丝毫不感兴趣。

高导演火了，挥动马鞭，"啪"的一声抽在马耳朵上，吼道："你这个不知好歹的东西，你是要跟谁过不去呀？你再不好好参加训练和演出，我就用鞭子抽烂你的屁股！不不，我要把你扔到虎笼里去喂老虎！"

马耳朵是马身体上的敏感部位，赶过马车的人都知道，当马懒惰疲沓时，抽一鞭马耳朵，马立刻会惊跳起来，精神亢奋地拉着车狂奔。可以这么说，鞭抽马耳朵，对马而言，具有振聋发聩的惊醒作用。

然而这绝招在白珊瑚身上却失灵了，马鞭抽中耳朵的瞬间，它也惊跳嘶鸣，浑身肌肉绷紧，马眼闪闪发亮，好像真的把魂给抽醒了，但数秒钟后，却又垂首默立，眼睛也恢复到黯然神伤的状态。更让高导演没想到的是，自打抽了马耳一鞭，白珊瑚就再也不肯吃东西，把马最爱吃的麦麸炒得香喷喷，捧到它嘴巴前，它却闻了闻便把头扭转开去。每天它只喝一点清水，其他什么都不吃。请兽医来检查，查不出毛病。显然，它绝食了。

高导演听到汇报后，气得脸色铁青，咬牙切齿地说："鸟为食亡，没听说过有什么动物愿意守着食物饿死的。我看它能坚持多久？"

两天过去了，白珊瑚没有进食，第三天，它已饿得头晕眼花，走起路来都摇摇晃晃了，仍拒绝进食。它已无法进训练场，当然更不能登台演出。它总是有气无力地站在马厩西南角，默默眺望远方，马眼里有一种望眼欲穿的企盼，它所面对的方向，就是去往哀牢山黑虎冢的方向，换句话说，就是埋葬娄阿甲的地方。

高导演再也沉不住气了，一匹价值六万美元的奥赛特竞技马绝食身亡，不仅会给阳光大马戏团带来巨大经济损失，传扬出去的话，也会成为马戏界的笑柄，成为人家闲聊时喷饭或喷粪的笑料。有句俗话叫唯马首是瞻，意思就是马群里有一匹领头马，其他马都望着这匹头马，头马奔跑就跟着奔跑，头马躺卧就跟着躺卧。更让高导演坐卧不安的是，现在头马白珊瑚绝食了，其余五匹马虽然没跟着绝食，却也不愿接受训练和登台演出了。

马戏团，顾名思义，就是用马演戏的剧团。按《辞海》解释，马戏是由马术演变而来的。马是人类最早驯化的家畜之一，考古证明，马进入人类生活的历史起码可以追溯到一万年以前的新石器时代。很长一段时间，人们以马代步，以马拉车，以马驮运货物，车有马车，兵有骑兵，运输东西有马帮，连象棋上都有八面威风的马，马在人们的日常生活中扮演着重要角色，养马、驯马、骑马、驭马，成为流行职业。马匹有优劣，技巧分高低，遂形成专业马术表演者。这些人身手矫健，或在马背上翻腾，或悬吊在马肚子下疾驶，或挥刀射箭展示好武艺，或从马背上俯身争抢地上的羊羔，以赢得围观者的喝彩，赚取几文赏钱养家糊口。久而久之，翻来覆去老一套马术动作，观众渐生厌烦之心。为笼络看客，为在激烈的市场竞争中站稳脚跟，有些机灵的马术表演者便开动脑筋，除马匹外，另驯养猴子、黑熊、小狗、山羊、八哥、鹦鹉等类动物，依据它们的特长做一些令人惊讶或令人赞叹或令人捧腹的动作，穿插在马术表演中，人与各种动物共同表演杂技节目，这就是马戏团的雏形。

可以这么说，马是马戏团最重要的动物演员，不可或缺的角色。

一个大马戏团，节目单上没有马演的节目，没有马术表演，就等于没有传统，没有正宗的字号，没有金字招牌，那是很煞风景的事。

没办法，只有请欧阳花贝出面帮忙。娄阿甲还活着的时候，经常带妻女骑着白珊瑚到滇池边兜风，有时还把白珊瑚带回自家小院玩耍，白珊瑚与欧阳花贝也非常熟悉，也许欧阳花贝能规劝白珊瑚放弃愚蠢的绝食念头。

高导演把情况跟欧阳花贝说了一遍。欧阳花贝轻声责备道："你不该朝它大吼大叫的，更不该用鞭子抽它的耳朵。阿甲把它从小养大，从没有动手打过它，也舍不得骂它，比宠女儿还宠它。它的自尊心可强了，有一次，阿甲到北京开会，半个月后回来，早晨去上班，同以往一样，他还没有走到马厩，白珊瑚就兴奋得咴咴嘶鸣，奔到院墙门口，马蹄不停地刨踢木门，摆出热烈迎接主人到来的姿态，偏偏这个时候，有人喊阿甲去办公室开会，阿甲来不及进马厩，拐了个弯去办公大楼了，等中午开完会后再去到马厩，白珊瑚动气了，躲在马厩角落里不出来，阿甲跑过去叫它的名字，它也面壁而立不予理睬，阿甲又气又好笑，也没有办法，只有赔笑脸好言哄劝，三天后它那张马脸才阴转晴。”

“我要是早知道它这般德行，我也不会去抽它的耳朵。”高导演懊恼地说，“现在后悔也晚了，所以只有来求你帮忙了。”

“我试试看吧。”欧阳花贝说，“我也没把握，尽力而为吧。”

“拜托了，你也是马戏团的人，这是组织上交给你的一项特别任务，你一定要帮我解决这个棘手的难题。”高导演恳求道。

当天下午，欧阳花贝就去到马厩。白珊瑚鬃毛凌乱，满脸憔悴，已因拒食而瘦得身上肋骨一根根突兀出来。见到她，它慢慢走过来，马脸磨蹭她的肩膀，感情依然显得很亲密。可当她抓起一把香喷喷的麦麸时，它却把头扭开了。她揪住辔嚼，将麦麸往马嘴里塞。它虽然没有用力挣扎，但马嘴紧闭，不肯妥协。她不管三七二十一，将淡盐水拌湿的麦麸搓成细条，糊在马齿与马唇间，强制喂食。它闭着眼睛一动不动，任凭她摆布。可当她一松手，它就使劲摇晃马头，把粘在唇齿间的麦麸统统甩掉。好像还嫌吐得不够彻底，马嘴在草地上擦了又擦，把唇齿间没有甩干净的麦麸屑粒抹得干干净净。

欧阳花贝有点气馁，可又不甘心就这么败下阵来，想了想，跑回家去，从橱柜里翻出一件娄阿甲生前经常穿的花格毛呢休闲装，还取了娄阿甲的遗像，又回到马厩。她先把那件花格毛呢休闲装展现在白珊瑚面前，白珊瑚嘴吻伸过来闻了闻，失神的马眼突然像萤火虫似的闪亮，身体瑟瑟颤抖，咴——发出悲戚的嘶鸣。马的嗅觉非常灵敏，毫无疑问，白珊瑚从这件旧衣裳上闻到了十分熟悉的气味，一种生生死死都无法忘怀的主人的气味。

解剖学表明，许多哺乳动物大脑里都有一个气味记忆库，生命过程中所有的接触与体验，都会转化为气味信息储存在气味记忆库里，亲朋天敌，善恶美丑，是非曲直，都分门别类地贴上了气味标签，气味记忆库又与大脑皮层的情感区域紧密贯通，一旦闻到了某种气味，立刻会有相应的情绪反应，喜怒哀乐，欢愉凄愁，甜蜜悲苦，尽在其中。

接着，欧阳花贝又举起了遗像。娄阿甲这帧照片照得很清晰，双目炯炯有神，嘴角凝固永恒的微笑。白珊瑚一步跨到照片前，鼻孔呼呼喷着粗气，马脖子弯曲扭动，朝着遗像做出交颈厮磨的动作。对马来说，交颈厮磨是最亲昵的社交举动，只有从小养大并关爱备至的马，才会对主人这般缠绵。遗像是平面而没有质感的，再传神的遗像，也替代不了活生生有血有肉的人。白珊瑚马脸触摸到的是没有生命没有感觉冷冰冰的玻璃镜框，可它仍不断做出交颈厮磨的姿势，四只马蹄急促地踢蹬地面，透露内心的无比激动。

刻骨铭心的思念，生死相随的依恋。

“白珊瑚啊白珊瑚，你知道吗，他临死前留下的最后一句话，就是要我们别为难你。他要你活着，你懂不懂？他虽然到另一个世界去了，可我相信，他的眼睛永远在看着你。你不吃东西，你不参加训练和演出，整个马队都被你搅乱了，你不仅仅是在糟蹋你自己的生命，你也是在践踏他对你的信任和爱，这样做你对得起谁呀！”

欧阳花贝说得很恳切，说得很动情，触动了丧夫的悲哀，眼泪止不住夺眶而出，声音哽咽，抽抽泣泣，哭得十分伤心。

白珊瑚围着欧阳花贝转圈，马眼泪花闪烁，一会儿亲吻那件花格毛呢休闲装，一会儿轻轻用马脸磨蹭她的头发，看得出来，它与她沉浸在同样的悲伤之中，眼里流的是同样的泪，心尖滴的是同样的血。它不会说人类宽心的话，它只能用身体语言给予她无言的慰藉。

“你要是真心疼我，你要是真怀念阿甲，你就不能再糟蹋自己的身体。”欧阳花贝抓起一把麦麸送到白珊瑚嘴边，将那帧遗像同时送到马眼前，“是他要你吃东西，他希望你活着，希望你永远是匹活跃在马戏舞台上的最优秀的表演马。”

让人欣慰的事发生了，白珊瑚张开嘴，大口咀嚼香喷喷的麦麸。

一场史无前例的动物绝食斗争，顷刻间烟消云散，化为乌有。

＊＊＊

白珊瑚本来就是一匹良种马，年富力强，体格健壮，自打放弃绝食后，喂了半个月精饲料，瘦削的身体很快就变得强壮起来，皮毛恢复闪闪发亮的银白色，四肢肌肉重新变得紧凑饱满，精神状态也大有改观，兢兢业业训练，认认真真演出，又变得像匹意气风发的演出马。由于头马的表率作用，马队恢复了生机勃勃的景象，又能在舞台上红红火火演出，赢得观众的掌声与喝彩，再没有发生过乱场现象。

表面看，似乎一切都恢复了正常，但驯兽员屠清霞发现，与以前相比，白珊瑚身上还是发生了某些令人担心的变化。首先，它那双细长的马眼，似乎还留着一丝淡淡的忧伤。再者，进到马厩后，除了进食饮水，它总喜欢伫立在西南角，眺望天边的五彩云霞，有时一站就是两个小时。小屠知道，它天天眺望的方位，正是去哀牢山黑虎家的方向。最显著的变化，是它要把头马的位置让给那匹名叫眉心红的大公马。

一群马中间，只有一匹马是发号施令的头马，其余的马都是听命于头马的臣民。头马是一种崇高荣誉，头马是一种耀眼光环，头马是一种权力象征，头马是一种价值体现，头马是一种珍贵身份。像许多具备群体意识的动物一样，马群中存在争夺头马宝座的暗潮激流。谁都想做老大，谁都想乾坤独断唯我独尊，谁都想吃得好住得好成为马上马，免不了会有野心家和权力渴望者。

眉心红就是这么一匹做梦都想登上头马宝座的野心勃勃的大公马。这家伙牙口六岁，对马来说，属于风华正茂的年龄。体格健壮，标准的高头大马，四条马腿栗子肉凹凸如石头，马鬃飘拂，长长的马尾如白云缠绕，确实是匹难得的好马。与众不同的是，它的脑门中间，有一颗蚕豆大的红痣，在银白皮毛的衬托下，格外显眼。眉心红由此而得名。它的智力和它的体形同样漂亮，马术技巧可与白珊瑚媲美，马戏表演也和白珊瑚不相上下。也许正因为形象颇佳才华出众，自以为了不起，它不大把白珊瑚放在眼里，显得桀骜不驯。进食时，其他马都规规矩矩地吃自己面前食槽里的料，就它不肯安分守己，会冷不防扭过头去，抢夺白珊瑚的饲料。这已经不是普通的馋痨鬼抢食，而是对尊者的有意冒犯。从马厩去往训练场，其他马都排成一路纵队，默默跟在白珊瑚后面，就它不肯乖乖跟随，走着走着，突然就从队伍里蹿出来，或者用嘴啃咬，或者用身体挤撞，把前面的马推搡开，一直冲到白珊瑚身后，占据马队第二把交椅的位置，仍觉得不过瘾，又用马头叩击白珊瑚的腰，企图把白珊瑚挤对开，自己跑到马队的最前面去。这已经不是一般的调皮捣蛋了，而是对头马的肆意挑衅。

娄阿甲生前早就发现眉心红有抢班夺权的不良倾向，曾不止一次地用马鞭指着它的鼻子呵斥："你给我听着，老老实实做马，不准你造白珊瑚的反，不然的话我就用鞭子抽烂你的屁股！"

雄性都是社会地位的角逐者，膨胀的权力欲岂是几句呵斥就能镇压得下去的。眉心红仍然我行我素，一有机会就向白珊瑚发起挑衅，终于不可避免地爆发了一场武力冲突。

那是一年前的事了，那天早晨，屠清霞带着马队到训练场排演一个名叫"白马向太阳"的新节目。

节目是这样编排的：有一个直径一米的大红塑料球，六匹白马围成圆圈，用马嘴顶着塑料球，勾紧前肢直立起来，六个马头将大红塑料球托举到空中，然后顺时针旋转数圈。这个节目难度并不算大，都是训练有素的奥赛特竞技马，直立旋转是最基本的马戏动作，关键是要步调一致，才能排演成功。

这种时候，头马所起的作用是非常大的，当驯兽员发出表演指令后，其他马都看着头马，头马的嘴触碰到大红塑料球，其他马也会跟着用嘴把大红塑料球顶起来，头马开始跨出横步，其他马也会跟着举步转圈。唯马首是瞻，心往一处想，劲往一处使，节目就能排演得很圆满。

可眉心红偏偏就要暗中作对，当白珊瑚做出用马嘴顶球的暗示后，其他马都同时低下头去用马嘴顶球了，眉心红却仍高昂着头，因为用力不匀，圆圈有缺口，那大红塑料球才举到与马头平行的高度，便滚落下来。眉心红捣蛋成功，高兴得哼哼打响鼻。

屠清霞不得不出面干预，在眉心红脖子上捶了两拳，它才老实一点。

好不容易把球给托举了起来，在白珊瑚的带领下，六匹马踩着整齐的步子，顺时针慢慢旋转。突然，眉心红逆时针转动，把旁边那匹马撞了个趔趄，引起连锁反应，整个马队东倒西歪，漂亮的舞蹈队形立刻崩溃散架，大红塑料球又掉落在地。眉心红还冲着白珊瑚咴咴嘶鸣，马脸一派讥讽神情，仿佛在说：“你看你，连这么简单的一个节目都指挥不好，占着茅坑拉不出屎，不如自动退位，由我来当头马，我绝对比你指挥得好！”

这是故意破坏，恶意排挤，有意挑衅。白珊瑚再不采取行动的话，必将威信扫地，大权旁落，今后甭想再领导这支马队了。它冲到眉心红面前，举起前蹄朝眉心红身上踩踏。它是头马，它有权惩罚害群之马。眉心红可不是省油的灯，本来就想找碴儿打架，只愁找不到机会呢。它立刻举蹄反击，乒乒乓乓，互相踢来蹬去，哼哼唧唧，你啃我一口我咬你一嘴，训练场变成了战场，展开一场争权恶斗。

当时训练场上只有屠清霞一个人，冲上去劝架，无奈势单力薄，根本劝解不开，双方都斗红了眼，抽马鞭也无济于事。

眉心红年轻体壮，又是公马，体力上有优势，性别上也占有优势，很快就占据上风，把白珊瑚打得节节后退。

这时候，另一匹年轻的公马跳将出来，帮着白珊瑚，扬鬃嘶鸣，朝眉心红发起反击。这匹半路杀出来的公马，当时牙口三岁，属于青春派公马，也是流线型身体，也是冰雪般洁白的皮毛，也是一双罕见的蓝眼睛，大名就叫蓝宝贝，是白珊瑚的亲生儿子。

白珊瑚共生育两胎，除了蓝宝贝，还有一匹名叫雪姬的一岁龄小母马。雪姬年龄尚小，还没编进动物演员花名册，还不算马队的正式成员。

二对一，以众敌寡，力量对比立刻发生逆转。眉心红受到两面夹击，顾了头顾不了尾，刚刚躲过白珊瑚的尥蹶子，背后却遭到蓝宝贝猛烈攻击，被活生生啃掉一绺马尾巴。它掉转马头来对付蓝宝贝，腹部又被白珊瑚前蹄重重踩了两下。它虽然腹背受敌，被动挨打，却不乏拼命三郎精神，仍顽强抵抗，发疯般地嘶鸣啃咬，凶狠地连续不断尥蹶子。蓝宝贝后腿被踢裂了一条血口，白珊瑚鬃毛也被啃掉了一口。

权力斗争你死我活，充满血腥味。

正打得不可开交，娄阿甲闻讯赶到，与屠清霞一起，用木棒和马鞭将双方分开。娄阿甲很了解眉心红的德行，晓得又是它在寻衅滋事，给它套上结实的缰绳，紧紧拴在柱子上，左右开弓挥动马鞭，咬牙切齿地责骂："你这匹劣马，你这个孬种，看你还敢惹是生非！"

细长马鞭像条黑色灵蛇，饥渴地舔吻眉心红的屁股。白毛飞旋，肌肉饱满的臀部暴起一条条红蚯蚓似的血痕。缰绳放得极短，马嘴几乎贴在柱子上了，这种拴马方式，就像把犯人五花大绑了，使受鞭笞的马无处躲藏。眉心红撕心裂肺地鸣叫，四只马蹄胡乱踢踏，围着柱子小范围避闪，却根本不管用，马鞭仍雨点般落到它身上。黑色的马鞭被血染红，马的嘶鸣声渐渐嘶哑。娄阿甲打累了，这才罢手。

整整一个星期，眉心红只能瘸着腿走路。

这顿暴打打掉了眉心红的威风，挫败了眉心红的锐气。也许它看出来了，白珊瑚受主人宠爱，有主人撑腰，自己争夺头马宝座的希望是非常渺茫的。也许它经过掂量，觉得白珊瑚和蓝宝贝母子联盟，自己势单力薄很难取胜。也许毒蛇似的马鞭使它吸取了血的教训，再不敢轻举妄动。反正从此以后，眉心红再没有抢夺领导权的不轨举动，与其他几匹表演马一样，在白珊瑚面前表现得很顺从，进食时再也不扭头抢夺白珊瑚食槽里的草料，到了训练场上，也不再调皮捣蛋恶作剧，而是服服帖帖地听从白珊瑚的调遣。

野心家脱胎换骨变成了驯服的良民。

可突然间，白珊瑚竟做出明显姿态，要把头马位置禅让给眉心红。

禅让者，即用和平方式无条件地将王位奉送给继承者。

那是在白珊瑚停止绝食的第三天，屠清霞吆喝马队前往训练场。同以往一样，白珊瑚走在队伍的最前面，另五匹白马跟随其后。刚走出马厩，进到狭窄的花园甬道，白珊瑚扭头望望紧跟在它身后的眉心红，突然朝旁边跨了一大步，挤到花坛的墙根下，停了下来。按照惯例，头马停了下来，后面的马也都驻足观望。白珊瑚眼睛盯着眉心红，马头不断朝前晃动，做出一种谦让姿态，似乎是在告诉眉心红：我已经让出路来，请你先往前走吧。

眉心红瞪起警惕的眼睛，不仅没有朝前走，反而往后退缩了一步。

这可不是谁先谁后这么简单的问题。马是一种以奔跑见长的动物，对马来说，行进中的顺序其实也就是地位排序，头马永远是在整群马的最前面。头马头马，就是领头的马，走在最前面，决定群体的去向，负责种群的安危，这既是头马的责任，也是头马的特权。超越头马，其实就是蔑视权威，犯上作乱。争夺头马宝座，是高风险赌博，输的可能性极大，赢的可能性极小，它已有过惨痛的教训，不愿再重蹈覆辙了。

咴咴——白珊瑚柔声嘶鸣。声音也是一种形象，表达出友善的态度。它再次往花坛墙根边靠，让出更宽敞的路来，示意眉心红走到前面去。

眉心红举蹄欲往前走，才跨出半步，马蹄刚刚落地，却又像踩着火炭似的缩了回去。不难猜测它的心理，埋藏在心底的权力欲其实并没泯灭，很想过一把头马瘾，可又有所畏惧，搞不清楚白珊瑚为什么要把头马位置空缺出来让它上，葫芦里到底卖的什么药？它可能会有这样的怀疑：这会不会是阴谋和圈套，诱使它暴露出抢夺头马宝座的野心，然后再像上次那样，母子两匹马夹攻它一匹马，还借主人的手用鞭子抽得它皮开肉绽？

一朝被蛇咬，十年怕井绳，还是小心为妙。

六匹高头大马拥挤在狭窄的花园甬道，堵塞了交通，屠清霞不知发生了何事，在后面大声叫唤，催促马队快往前走。

白珊瑚显得很焦急，用马嘴叼住眉心红的鬃毛，往前拉扯。眉心红咴咴叫着，身不由己地往前蹿出两步，走到马队最前列去了。白珊瑚紧跟其后，用额头抵着眉心红的屁股，推搡着它往前走。

眉心红走两步就要扭头往后看一眼，生怕白珊瑚趁机咬它的尾巴或啃它的臀部，走得提心吊胆，走得心惊肉跳。其实，它的担心纯属多余。白珊瑚像个本分的臣民，规规矩矩跟随在它身后，走得踏实稳健，丝毫也没有要捉弄它的意思。

到了训练场，这天是温习一个名叫“马步迪士高”的老节目。录音机播放摇滚音乐，六匹白马排成前一中二后三的三角队形，跟着音乐蹁然起舞。这三角队形，是根据马的地位和舞蹈水平来排列的。白珊瑚是头马，迪士高跳得也最棒，理所当然站在三角队形的尖端。眉心红的舞跳得也挺好，在马群中的地位仅次于白珊瑚，所以排在中间左侧位置。蓝宝贝的舞艺在马队排名第三，站在中间右侧位置。其余三匹白马，分别站在最后一排。这个节目已经上台演出过，无非是温故而知新。六匹表演马都晓得自己在这个节目中所扮演的角色，音乐一响，不用驯兽员吆喝拉拽，便各自走到属于自己的位置，很熟练地排成三角队形。

屠清霞刚要挥动小红旗以示训练开始，突然，白珊瑚扭头离开了三角队形的尖端位置，朝左拐来到眉心红身旁，用身体将眉心红挤撞开。眉心红咴咴嘶鸣，仿佛在埋怨：你占据了我的位置，那我站到哪里去呀？白珊瑚马头耸动着，不断朝三角队形尖端位置点头示意，用形体语言明确表达这么一个意思：请你站到领舞的位置上去吧。

眉心红偷偷瞟了三角队形尖端位置一眼，眼神暧昧，既有几分窃喜，也有几分胆怯。那既是领舞者的位置，也是公认的头马位置。它早就渴望能登上头马宝座，可上次权力争斗留给它的教训太深刻了，至今回想起来仍心有余悸，它不敢做得太露骨。

两匹马在那儿推让挤撞，当然会影响训练正常进行。

屠清霞不得不出面干预了，她来到白珊瑚身边，抚摸光滑的马脖子，指着三角队形尖端位置说："你是头马，这个节目一向由你领舞的，你应该站到那儿去！"说着，她牵拉白珊瑚的辔嚼，想把它拉到领舞者位置上去。让她惊讶的是，白珊瑚四只马蹄像生了根一样，怎么也拉不动。

"你究竟想干什么呀？"屠清霞厉声发问。

白珊瑚马头抵住眉心红的腰，一个劲往三角队形尖端位置推搡。

"你是想让眉心红代替你领舞？你是在犯傻，还是在犯贱？我没有时间跟你开玩笑，你再不肯听话，我可真的要让眉心红站到头马的位置上去了哟！"她拉住眉心红的辔嚼，试探着往三角队形尖端位置拉，观察白珊瑚的反应。

白珊瑚娴静地站立着，对她动手把眉心红拉往领舞者岗位，没有任何反感的表示，恰恰相反，那双马眼温柔地望着她，似乎在鼓励她去这么做。

倒是白珊瑚的儿子，那匹名叫蓝宝贝的大公马，很不满意眉心红与白珊瑚交换位置。当眉心红站到领舞者岗位后，蓝宝贝发出愤怒的嘶鸣，并扬鬃踢蹄摆出一副厮斗的架势。白珊瑚立刻跑拢过去，朝着蓝宝贝的耳朵严厉嘶鸣一声，用自己的脖子压在蓝宝贝额头上，用力将蓝宝贝气势汹汹高昂的马头压得低垂下来，其实也就是把蓝宝贝不满的情绪给压制下去。然后，白珊瑚又跑回三角队形第二排左侧位置，很规矩地站立待命。

眉心红被屠清霞牵拉着，进两步退一步，似乎也不愿被牵到领舞者位置上去，扭拧马头做出抗拒的姿态，忸忸怩怩欲走还休，最终却半推半就地去到三角队形尖端位置。

“那好吧，就由你来领舞！”屠清霞气呼呼地拍着眉心红的背脊说。

眉心红扬起脖子咴地发出委屈的嘶鸣，仿佛是在向马群声明：不是我要篡夺头马的领舞权，大家都看清楚了，我身不由己，是主人逼我这样做的！

眉心红虽然马耳耷拉，马嘴翕动，好像很痛苦的样子，可马眼活泼地转动，马尾巴不停地左右挥甩，掩饰不住内心的喜悦和得意。

公平地说，由眉心红来领舞，也未尝不可。在这六匹马中，眉心红的地位仅次于白珊瑚，从演技来说，眉心红虽然没有白珊瑚那么熟练、那么富有舞台经验，可它年纪轻，身体更高大健壮，皮毛更有光泽和弹性，也更有青春的气息和生命的活力。

训练开始了，眉心红跳得很卖力，精神抖擞，激情澎湃。它迪士高本来就跳得不错，马逢喜事精神爽，第一次登上头马宝座，梦寐以求的事变成了现实，踏破铁鞋无觅处，得来全不费工夫，所以舞姿格外优美，发挥得特别出色，领着五匹白马一口气跳了六支曲子，没出现任何纰漏。

屠清霞注意观察白珊瑚的反应，它神色平静，并没有因为眉心红占据了它领舞的位置而生气或嫉恨。它望着前面的眉心红，跟随着音乐的节奏，亦步亦趋，认认真真地跳完每一个曲子。那顺从的姿势，那平稳的心态，就好像它从来没做过头马，从来就是眉心红在统辖这个马群，它历来就是处处看头马脸色行事的普通臣民。

这让屠清霞感到迷惑不解，只听说过马群为争夺头马宝座闹得不可开交的事，却从没听说过有哪个马群哪匹头马会主动将头马宝座禅让给属下的臣民。太阳从西边出来了，真让人摸不着头脑。

白珊瑚虽然牙口已十三岁，但远没到年迈体弱的程度，奥赛特竞技马生理寿限为二十五岁，艺术生命可保持到二十岁左右，应该说白珊瑚还属于年富力强的范围。它在头马位置上已待了许多年，建立起足够的威望，连候补马演员雪姬加在内，六匹臣民中，有两匹是它产下的儿女，统治地位是非常稳固的，至今为止，马群里并没出现任何信仰危机或政权危机。可突然间，它却平白无故地要把头马位置让给眉心红。

这种行为，完全不符合马的物种特性。她心里隐隐不安，就把事情原原本本地向高导演做了汇报，希望高导演能帮她找到一个合理的解释。

高导演皱起眉头沉思了一阵，说："孤立地看，这确实很奇怪。可如果把这件事放在大半年前娄阿甲意外身亡的背景下去分析，白珊瑚的禅让行为还是可以理解的。它一直怀着深深的内疚，认为自己不配再当马群的头马，类似于引咎辞职。哦，你说它的马眼里有一层淡淡的忧伤，还说它喜欢伫立在西南角眺望哀牢山黑虎冢方向。这说明，它至今还未能从事故的阴影中解脱出来，心力交瘁，身心疲惫，已无力再承担头马的职责。”

“高导演，你分析得有道理。”屠清霞信服地点点头，“那你说，我该怎么办？是要顺水推舟让眉心红当头马，还是设法维持马群的原有秩序？”

“与动物打交道，很多事情，顺其自然要比人为干预好得多。”高导演微笑着说，“白珊瑚已经十三岁多了，生理年龄和艺术生命都快要走下坡路了。眉心红牙口六七岁，就像早晨八九点钟的太阳，朝气蓬勃，身体素质和马技表演都是第一流的，让它当头马，也未尝不可啊。”

“那好吧，我就顺其自然。”屠清霞说。

* * *

没想到，白珊瑚会舍得把蓝宝贝踢倒咬伤。

马属于哺乳类动物。凡哺乳类动物，母兽用自己的乳汁喂养幼崽，都会表现出强烈的母爱。白珊瑚也不例外，蓝宝贝是它头胎产下的马驹，吃它奶长大，当然百般疼爱。蓝宝贝还小的时候，要白珊瑚登台演出，必须将蓝宝贝牵到幕侧它一眼就能看到的地方，不然的话它就不肯上台演出。有一次，蓝宝贝患急性痢疾，怕传染给其他演出马，只有将它牵出马厩隔离起来。白珊瑚发疯般地在马厩里转圈奔跑，用身体猛烈撞墙，发出悲怆的嘶鸣，一副寻死觅活的样子。没办法，只好采取变通办法，在给蓝宝贝看病的隔离间墙上安装一面大玻璃，把白珊瑚拴在隔离间外，透过玻璃能看见正在打吊针的蓝宝贝，它才算安静下来。蓝宝贝已经牙口四岁多了，已完全成年，可白珊瑚没事的时候，还会跑拢过去，用柔软的脖颈摩挲蓝宝贝的额头、脸颊和脊背，深情溺爱。蓝宝贝有点淘气，也许是仗着自己的妈妈是头马，有时候在马群里还有点霸道。或抢夺其他马的食物，或欺负比它年幼的同胞妹妹雪姬，或故意把马粪屙在别的马鼻子底下。每每发生争执，白珊瑚很难做到公平公正，总会袒护蓝宝贝，假如是是非不清的争吵，它就公开站在蓝宝贝一边，责罚另一方，假如明显是蓝宝贝错了，它就装聋作哑好像什么也没看见。母爱转化为包庇和纵容，这种现象在人类社会与动物界普遍存在。

可突然间，白珊瑚把慈祥的母爱抛却脑后，竟然采用最严厉的手段惩罚爱子蓝宝贝，这不仅让马群感到震惊，也让屠清霞颇感意外。

事情的经过是这样的，这天是周末，晚上有演出任务，下午三点左右，屠清霞领着马队到剧场去走台。

按节目表上的程序，马队第一个节目是障碍跑。在狭窄的马戏场地，竖立起三道一米五高的栏杆。马队兜圈跑动，不断跨越栏杆。这档节目难度不大，特别优秀的奥赛特竞技马曾创造过跨越两米高障碍的纪录，一米五高的栏杆对它们来说实在算不了什么。可要演好这档节目也并非易事，场地狭小，助跑距离很短，而且要连续不断跨越栏杆，对队形与节奏要求极高。六匹马必须步速一致，配合默契，整齐划一。其中只要有一匹马在奔跑时突然加快或突然变慢，马匹就会前后相撞，造成舞台混乱。在这档节目里，头马的作用是非常大的，头马当然得率先助跑并跨越栏杆，头马不仅要自己跑得漂亮、跳得潇洒，还要控制好整个马队的步速，还要控制好跨越栏杆的节奏，其他马要眼睛紧盯着头马的动作，适时调整自己的步伐，才能演出成功。

眉心红站到头马的位置，引颈抖鬃，向马群示意表演就要开始。

白珊瑚站在马队第二位，对眉心红行使头马职责，并无任何异议。

屠清霞做了个可以开始的手势，眉心红刚要扬蹄奔跑，突然，排在第三位的蓝宝贝从队伍里蹿了出来，激烈地咴咴嘶鸣着，直奔马队最前面的眉心红。它鬃毛竖立，漂亮如蓝宝石的马眼里布满血丝，到了眉心红面前，昂首挺胸，不时身体后仰抬起前肢做出踢蹬姿势，很明显，这是一种威逼挑衅行为，目的也很清楚，是要叫眉心红从头马位置滚蛋！

眉心红立刻也竖鬃弹尾，身体蹿挺，两只前马蹄在空中踢踏，摆开应战架势。可它好像突然想起了什么，扭头望了白珊瑚一眼，收敛打架的姿势，跳闪到旁边去。

假如跳出来的不是蓝宝贝，而是另一匹公马，它会毫不犹豫地猛冲过去，用马蹄踩踏，用马嘴啃咬，用霹雳手段将争夺头马宝座的坏家伙镇压下去。可跳出来寻衅闹事的是蓝宝贝，它就不能不有所顾虑，不能不谨慎对待了。它当然晓得白珊瑚与蓝宝贝是亲生母子，它还记得自己曾经被这母子俩前后夹攻打得屁滚尿流，它不愿让历史的悲剧重演，好汉不吃眼前亏，好马也不吃眼前亏，只有忍耐避让。

蓝宝贝迅速走到马队最前列，取而代之站在头马的位置上，发出长长的嘶鸣，仿佛在向天下发布告示：我是头马，这群马归我统辖了！

不难理解蓝宝贝的行为，它是匹牙口四岁半的公马，就像所有的雄性动物一样，渴望建功立业，渴望出“人”头地，渴望获得优越的社会地位。白珊瑚做头马，顺理成章，它当然拥戴。可白珊瑚几次三番要把头马宝座禅让给眉心红，它实在看不下去了。既然白珊瑚要把头马宝座让出来，干吗就不让给它呢？它是白珊瑚的亲生儿子，血缘亲情，王位相袭，母亲把头马宝座禅让给儿子，那是天经地义的事。它已经是顶天立地的大公马了，就像野心家通常都很狂妄一样，它觉得自己各方面都不比眉心红差，完全有条件也有能力坐上头马宝座。

走台还没开始，马队却陷入争权夺利的混乱中。

屠清霞气呼呼地跑过来，用拳头擂蓝宝贝的脖颈，嚷嚷道："滚开！你有什么资格当头马？你年纪比眉心红小，演技比眉心红差，你做了头马，没有一匹马会服气的！让你坐马队第三把交椅，已经是很抬举你了，你应该有点自知之明嘛！"

蓝宝贝当然听不懂屠清霞在说些什么，即使它能听懂屠清霞这番话的意思，它也绝不会认为她讲的是金玉良言。野心膨胀，必然自视甚高。动物界也经常会有利令智昏者。

无论屠清霞怎么骂怎么打，蓝宝贝就是占据着头马位置不肯退让。眉心红打着愤懑的响鼻，鬃毛恣张，马尾耸动，内心已怒火万丈。眉心红不断乜斜眼睛看白珊瑚，很显然，假如白珊瑚允许的话，它会立刻冲上去与蓝宝贝恶斗一场。

白珊瑚似乎也识破了眉心红的意图，咴地发出威严的嘶鸣，毫不迟疑地向蓝宝贝靠近一步，这等于在警告眉心红：不管发生什么事，你敢伤害蓝宝贝的话，我跟你没完！

眉心红高涨的斗志迅速萎瘪下来，鬃毛与马尾软软耷落，悻悻嘶鸣着，转身跑开去。

蓝宝贝有白珊瑚替它撑腰，气焰更嚣张，在头马位置上欢蹦乱跳。

白珊瑚低头沉思了约半分钟，缓缓去到蓝宝贝身边，长长的马脖子柔软弯曲，就像高级技师在做人体按摩一样，在蓝宝贝身上轻轻摩挲。马是一种需要爱抚的动物，养过马的人都知道，天天用梳子替马梳毛，是增进人与马感情的最佳方法。白珊瑚摩挲得非常仔细，四肢、臀部、腰胸、背脊、肩胛、脖颈及马头上的五官，统统摩挲了一遍。然后，它的脖子贴着蓝宝贝的脖子，身体挤着蓝宝贝的身体，似乎要把蓝宝贝从头马位置上推搡开去。

蓝宝贝站立不稳，朝旁边闪了两步，它不满地咴咴嘶叫，侧转身用力顶撞，又顽强地回到头马位置上。

白珊瑚仍用慢慢推挤的方法，要叫蓝宝贝离开这个位置，马嘴不停地咴咴哼哼，似乎在用马的特有语言劝告对方：我的心肝，你太年轻，资历和演技都不足以服众，听妈妈的话，回到你自己的位置上去，别胡闹了！

屠清霞暗暗松了口气，只要白珊瑚反对蓝宝贝抢夺头马宝座，应该说这场危机就有和平解决的希望。

让她想不到的是，蓝宝贝根本不把白珊瑚的忠告当回事，它唰地转过马头，来啃咬白珊瑚的脖子，白珊瑚只有跳闪躲避。它冲着白珊瑚长长嘶鸣一声，似乎在说：谁也别想动摇我登上头马宝座的决心，谁阻拦我，谁就是我的敌人！

蓝宝贝也许是这么想的，不管它做什么，白珊瑚最终肯定是站在它一边的。经验告诉它，母爱永不褪色，母爱永不变质，母爱永不枯萎，母爱永不凋落。就算它做了荒唐事，白珊瑚也会原谅它的过失，宽恕它的错误。它有恃无恐，当然随心所欲，想怎么做就怎么做。

白珊瑚退离蓝宝贝身边后，低着头，马嘴贴着地面，像是在寻找可以啃食的青草，慢慢踱到蓝宝贝的侧后位置，马尾与马尾形成一个九十度夹角。它的眼睛蒙着一层悲哀，身体也在微微发抖，似乎很伤心也很绝望。

蓝宝贝仍神气活现地站在头马位置，四蹄不断踢蹬，急不可耐地想要履行头马职责，率领马群表演障碍跑节目。

眉心红咴咴引颈嘶鸣，始终摆着讨伐叛逆的架势。

其余三匹白马，马心惶惶，挤在舞台边缘，不知该如何是好。

屠清霞心里又开始焦急了，假如白珊瑚放弃不管的话，这事就难以圆满收场了。要么听任眉心红和蓝宝贝恶斗一场，决出输赢，裁定尊卑秩序，这样做虽然能解决问题，但舞台变成战场，肯定会闹得乌烟瘴气，再说，这两匹大公马脾气都有点暴烈，不打得你死我活不肯罢休，极有可能两败俱伤，影响晚上的正式演出，那麻烦就大了。要么叫两个保安来，硬把蓝宝贝拖下场去，地位纷争也就自然平息，让候补马演员雪姬来顶替蓝宝贝演出，这样倒是能和平解决问题了，但留下的后遗症是，治标不治本，难以从根本上消除谁尊谁卑的矛盾，仍留下争权隐患，因为不可能永远把蓝宝贝单独羁押起来，蓝宝贝野心未泯，一旦回到马群，又会掀起争夺头马宝座的狂风恶浪。

就在屠清霞左右为难不知该如何是好时，突然，白珊瑚勾紧脖子，鬃毛唰地竖立，两条前腿肌肉刹那间绷紧，腰肢弯成弧形，两只后蹄凌空飞起，做了一个非常漂亮、非常标准的尥蹶子动作，“啪”的一声，两只马蹄不偏不倚地踢在蓝宝贝左侧臀部。白珊瑚动作迅疾，事先没有任何预兆，蓝宝贝根本没有防备，一下被蹬翻在地，摔了个四仰八叉。

两匹白马在翻腾，犹如一场小型雪崩。

马尥蹶子，是马抗击敌害最厉害的绝招，曾有人计算过，一匹体格强健的马，尥蹶子所产生的冲击力，超过一千磅。国外有一位动物学家在非洲稀树草原曾目睹这样一件事，一只雄狮追逐一匹斑马，当狮爪就要抓住马屁股的瞬间，那匹斑马突然尥了个蹶子，两只马蹄蹬在狮子下巴处，雄狮当场被踢晕过去，那匹斑马趁机逃之夭夭，十几分钟后，倒霉的雄狮苏醒过来，下巴开裂，无法嚼咬吞咽食物，数日后活活饿死。

马戏剧场里，包括眉心红在内所有的马，都被白珊瑚的举动惊呆了，泥塑木雕般地站在原地，半天没回过神来。

屠清霞也惊得目瞪口呆，要不是亲眼看见，她绝不会相信这是真的。

最震惊的当然是蓝宝贝了，它被蹬倒在地了，仍不明白发生了什么事，扭着脖颈咴咴嘶鸣，仿佛在责问：“这是怎么回事，我怎么会躺在地上了呢？”

似乎是在对付最讨厌的仇敌，白珊瑚尥蹶子把蓝宝贝蹬翻后，仍不肯罢休，鬃毛恣张，恶狠狠冲将过来，张嘴咬蓝宝贝的脖子。马虽然是食草动物，只有平整的臼齿，没有尖锐的犬牙，不能像食肉兽那样进行致命的噬咬，但马的门齿锋利，能轻易切割青草，被啃咬一口的话，也会皮开肉绽鲜血直流。

蓝宝贝这才如梦惊醒，明白是白珊瑚踢倒了它，而且还要啃咬它的脖子，惊讶的咴叫声变成悲愤的嘶鸣，一面竭力挣扎想重新站起来，一面扭动脖子躲避凶猛地啃咬。

屠清霞赶紧冲上去，抱住白珊瑚的脖子，强行把它拉开。

这时，马戏团几位驯兽师闻讯赶了过来，在好几个人的帮助下，蓝宝贝才颤颤巍巍地勉强站了起来，左臀被蹭掉一片白毛，肿得像块发糕，布满乌紫的瘀血，走路瘸瘸拐拐，看样子伤得不轻。请兽医来检查，不幸中的万幸，只是伤了皮肉，没伤着骨头，但起码也要休养个把月才能参加训练和演出。

蓝宝贝被牵到兽医站包扎专治跌打损伤的草药去了，一场风波就此平息。屠清霞把马候补演员雪姬牵来剧场，代替蓝宝贝走后留下的空额。白马们各就各位，走台秩序井然。那天晚上的演出，也顺顺利利地正常进行。

白珊瑚大动干戈教训蓝宝贝，客观上帮了眉心红的大忙，等于在向每一匹白马表明，它是坚决支持眉心红登上头马宝座的，谁胆敢向眉心红发起挑衅，即使是它的亲儿子，它也是毫无保留地站在眉心红这一边的。

眉心红威信大增，地位日趋稳固。

一个半月后，蓝宝贝伤愈归队，争权的野心早就化为乌有，老老实实地跟随在眉心红身后，看头马的脸色行事，变成一个守规矩懂礼貌听话驯服的臣民。只是有一点，蓝宝贝对待白珊瑚的态度变得很恶劣，白珊瑚在马厩东端，它就跑到马厩西端，训练和演出时排列队形，蓝宝贝坚决不愿与白珊瑚挨着站在一起，白珊瑚站在队伍的第二位，它非要站在第四或第五的位置上去，不然就不肯参加训练和演出，母子关系冷漠而疏远。

站在蓝宝贝的立场，这种怨恨不是毫无理由的，白珊瑚破碎了它的头马梦，白珊瑚尥蹶子蹬断了温馨母子情，它不能原谅这样无情无义的妈妈。

屠清霞发现，每当蓝宝贝故意从白珊瑚身旁躲离得远些时，白珊瑚身体就会像触电似的一阵痉挛，眼神也更加忧郁凄迷，很明显看出它内心非常痛苦。有好几次，蓝宝贝在训练场排练节目，白珊瑚站在队列里痴痴地望着儿子，柔软的脖颈曲扭着，做出一连串摩挲皮毛的动作来，似乎在想象中把蓝宝贝爱抚了一遍。有一天中午，屠清霞到马厩去喷洒灭蚊灵，看到这么一个情景：蓝宝贝站在马厩东端围墙边，头朝外尾朝内，一面晒太阳一面打盹儿，白珊瑚原本站在马厩西端，犹犹豫豫往蓝宝贝靠拢，它脚步放得很轻，凝神屏息，就像做贼一样。到了蓝宝贝身后，它抻直马嘴，小心翼翼贴近蓝宝贝身体，鼻翼耸动做嗅闻状。它马眼微闭，表情很陶醉，鼻翼翕动的频率越来越快，用贪婪嗅闻来形容绝不过分。也许是深沉的呼吸吹痒了马毛，也许是不小心鼻尖触碰到皮肤，蓝宝贝突然从昏睡中惊醒，扭头一看，是白珊瑚贴在自己身边，就像看到一个怪物正扑过来，竖鬃抖尾惊跳起来，打着愤怒的响鼻，逃窜到马厩的西端去了。屠清霞看得清清楚楚，当蓝宝贝惊跳逃离后，白珊瑚两眼发直，浑身颤抖，口角泛出白沫，症状犹如癫痫患者发病，好一阵才算缓过劲儿来，偏仄脖子发出长长的嘶鸣，声音特别悲凉，可用“椎心泣血”这四个字来形容。

显而易见，白珊瑚仍很爱蓝宝贝，浓浓的母爱没有丝毫稀释淡化。

让屠清霞百思不得其解的是，白珊瑚既然这么疼爱蓝宝贝，为何要在眉心红与蓝宝贝发生争权冲突时，站在眉心红一边，并如此凶狠地尥蹶子踢伤蓝宝贝，这在情理上是很难解释得通的啊。

＊＊＊

白珊瑚逃亡了，不辞而别，不知去向。

事情发生得很突然，事先没有一点儿预兆。晚上还在圆顶马戏剧场演出呢，白珊瑚认认真真表演节目，该它出场就出场，该它做什么动作就做什么动作，没有丝毫反常表现，也没有任何想要逃跑的迹象。演出完后，已是夜里十点半，天淅沥淅沥下着雨，屠清霞撑着伞，像往常一样，带着马队回马厩。路过中央花园时，她突然听见缓慢而有节奏的马蹄声中，响起嗒嗒嗒嗒急促的马蹄声，由近而远，似有一匹马离开队伍在奔跑。她急忙回头看，昏暗的灯光下，雾蒙蒙的雨丝中，果真有团晃动的白影，沿着花坛间青石板甬道，向马戏团大门跑去。当时队伍里共有六匹白马，她还搞不清是哪匹调皮马跑掉了。她第一个反应是，紧紧揪住眉心红的辔绳，一般来讲，只要头马不跑，其他马就不会跟着瞎起哄。随后，她放开喉咙大喊："来人哪，马跑了！"大门口有两名值勤保安，听到她的喊声了，兵分两路，一名冲上来拦截，另一名去关小门洞的铁门。

这是一座新型大门，分大门洞与小门洞两个部分，大门洞通行机动车，小门洞通行非机动车与行人。大门洞安装的是一米五高的有轨不锈钢栅栏门，有机动车驶来时，值勤保安在传达室里按动按钮，栅栏门就会自动关拢或打开；小门洞安装的是普通铁门，半夜十一点至清晨六点上锁，其余时间均有专人看守。在离大门还有三十来米远时，那名值勤保安拦住了逃跑的马，可不等他来抓辔绳，那马敏捷地转换方向，一闪身从他身旁穿插而过，然后直奔小门洞而来。另一名值勤保安动作非常利索，在奔逃的马离小门洞还有五六米远时，及时将小门洞的铁门关拢了。随后，两名值勤保安一前一后形成夹攻之势，向逃跑的马围捕过来。那马似乎早有准备，昂奋地嘶鸣一声，斜刺蹿向大门洞，紧跑几步，扬鬃抖尾身体竖直起来，凭借娴熟的马戏技巧，玩了个在舞台上经常玩的跨越障碍的动作，从一米五高的不锈钢栅栏门穿越而过，稳稳地落到门外，沿着马路狂奔而去，不一会儿就消失在雨丝纷落的浓浓夜色中。

这时候，屠清霞把马群引进马厩，这才弄清楚，逃亡的是白珊瑚。

马戏团动物演员逃逸，算是一件大事。虽然逃跑的不是猛兽演员，不必担心会伤及无辜行人，但奥赛特竟技马价格昂贵，丢失一匹就是丢失一笔财富。再说，一匹马在大城市霓虹灯闪烁的街道狂奔乱跑，影响也很恶劣。尹团长和高导演连夜组织十支追捕小分队，出动所有车辆，卡车、客车、中巴、轿车、摩托车和自行车，拉网式地分头寻找。冒雨找了整整一夜，城市每条街道每个角落几乎都找遍了，仍不见白珊瑚的踪影。无奈之下，只好向交通警察求助，设卡堵截，封锁每一条出城道路，折腾了两天两夜，仍得不到白珊瑚的任何音讯。

白珊瑚仿佛是匹隐身马，魔术般地消失得无影无踪。

虽然白珊瑚逃亡了，却不怎么影响马队的正常训练和演出。它已经不是头马，而是马队的普通臣民，它的出走不会引起权力真空或政局动荡。大公马眉心红已如愿以偿登上头马宝座，蓝宝贝的野心得到有效遏制，众马对新头马心悦诚服，白珊瑚的出走不会造成内讧。白珊瑚生的马女雪姬已长大成才，当候补演员已有大半年，绝大部分节目都已经能够胜任，完全可以顶替它在舞台上的角色。

只不过一匹训练有素的奥赛特竞技马，价值昂贵，丢掉了怪可惜的。

有一次，高导演与屠清霞一起分析白珊瑚出逃的原因和逃亡的去向。高导演皱紧眉头说："马戏团免不了会发生动物演员出逃的事，可白珊瑚逃得实在蹊跷，给我的感觉，不是那种调皮捣蛋者心血来潮一时冲动趁机逃逸，而是有预谋有计划按步骤实施的叛逃。哦，你想想，它执意要把头马宝座让给眉心红，它不顾母子亲情踢伤蓝宝贝，当时我们都不明白它为什么要这么做，假如把这几件事联系起来看，其实它的目的很清楚，就是想逃跑。”

屠清霞频频点头说：“白珊瑚确实是匹很有心机的马，逃跑也很会挑时间，演出归来，夜深人静，老天又下着雨。这种时候，谁都会疏于防范的，它没流露出任何想要出逃的蛛丝马迹，突然一转身就逃掉了，让人猝不及防，逃得很有章法，肯定是处心积虑早就想逃跑了。”

高导演说：“假定它是有预谋要逃跑的，从逻辑上说，它也早就设计好要逃到哪里去。它想逃到哪儿去呢？它的祖籍在欧洲阿尔卑斯山，它插上翅膀变成一匹行空天马也飞不过去。它出生在阳光大马戏团，这儿就是它的家，我不明白，还有什么地方比家更值得它留恋与向往的呢？”

“我想起来了，”屠清霞说，“它没事的时候，总喜欢伫立在马厩西南角，眺望天边的五彩云霞，有时一站就是两个小时……”

“它去了哀牢山黑虎冢！”高导演和屠清霞异口同声地叫了起来。

果然不出他们所料，半个月后，四百多公里外的哀牢山黑虎冢传来消息，南山麓深山老林里，出没一匹浑身雪白的马，总是在娄阿甲的墓四周转悠，有时会静静站立在墓碑前，神情肃穆，一站就是好几个小时。好几位樵夫和草医都看见过这匹白马，它奔跑如飞，非常机警，不等人靠近它，就像一朵白云似的飘进密林里去了。

毫无疑问，娄阿甲墓前出现的白马，就是在逃犯白珊瑚。

屠清霞请示高导演，要不要派辆车，再派几个人，带一支麻醉枪，去哀牢山黑虎冢把白珊瑚押回阳光大马戏团来。

动物演员属于马戏团的财产，不慎丢失，现有失物招领，把丢失的财产去领回来，也是合情合理的。

高导演脸皱得像根苦瓜，沉思了半天，才叹息一声说：“这匹马，在舞台上活跃了十年，还给我们生下一儿一女，为阳光大马戏团立下了汗马功劳。它很懂事啊，怕自己出走会给马术队带来麻烦，事先把头马位置让了出来，又平息了蓝宝贝的争权风波。一切安排妥当，它才伺机逃亡。有的人会讲人话，行为却像畜生；它虽不会说人话，却很难把它当畜生看。它已经牙口十四岁了，最多还有五六年，演员生涯就到头了。强行把它弄回来，拴得住它的身体，恐怕也拴不住它的心了。俗话说，好马不吃回头草，强扭的瓜不甜。它与娄阿甲感情太深了，它愿意生死相随，那就……那就……我个人的意见，那就遂了它的心愿吧。”

屠清霞噙着泪，拼命点头。

两年过去了，白珊瑚仍出没在哀牢山南麓老林子里，据当地老乡说，这匹白马除了喜欢在娄阿甲墓地四周活动外，还有一个很特别的嗜好，就是喜欢踩蛇，只要看见有蛇在墓地附近游走，不管是红蛇绿蛇黑蛇白蛇花蛇大蛇小蛇毒蛇或无毒蛇，立刻就会鬃毛恣张，发出亢奋的嘶鸣，毫无畏惧地冲过去，敏捷地蹦跳踩踏，用凌厉的马蹄将蛇踩死。哀牢山温暖潮湿，属于多蛇地区，村民去到娄阿甲墓地，经常可以看到被马蹄踩得稀巴烂的死蛇。

当地老乡不知道这匹白马叫什么名字，他们管它叫守灵马，也有人叫它踩蛇马。

生肖知识

生肖简历

马在十二生肖中位列第七，是忠诚勤劳的代表。从十二地支的角度来看属“午”。因为在午时（上午11时到下午1时）这段时间里，阳气达到最盛，正午之后阴气逐渐增加，在阴阳转换中一般的动物都在俯卧休息，只有马一直站立着，甚至睡觉也习惯站着，所以午时是属于马的。午是“忤”的意思。

古时，马平日里帮助人们完成日常的劳作，又作为重要的交通工具使人们可以远距离地流动，而在战时，马更是和士兵们在战场上冲锋陷阵的伙伴。可以说，马一直在人类的生活中起着不可替代的作用，理所当然地成为十二生肖之一。

马是一种草食性动物，它们最原始的祖先是一种身长约一点五米，行动缓慢的原蹄兽。而后随着环境不断地变化，经过始祖马、渐新马、中新马和上新马等演化，最终演变成了为我们所熟悉的骏马的形象。

马的耳朵很短，头和脸偏长，因此我们形容某个人脸长的时候经常会说它是“马脸”。而且马的四肢偏长，骨骼结实，韧带和肌腱异常发达，四蹄质地坚硬，有夜眼，因此非常善于奔跑。马的眼距很大，视野的重叠只能达到百分之三十，所以对五百米以外的物体不能形成清晰的图像，但是在夜间，马的视力是高于人的视力的。

马为“六畜”之首。在人类文明告别采集渔猎时代进入耕种社会的过程中，马就成了最早被人类驯服和饲养的动物之一。因其聪明、忠诚、勇敢、吃苦耐劳，在漫长的岁月里成了人类最忠实的伙伴和得力的助手。经过长时间的磨合，马不仅为人类的生活带来了实用性，更带来了娱乐性。马戏，作为一种杂技门类，就通过人在马身上进行表演，带来观赏性。“马戏”一词最早源于古罗马的竞技场中，而在中国西汉时期《盐铁论》中，就有着“马戏斗虎”的记载。时至今日，马戏已经不单单指马上技艺，更有其他大型动物的表演以及魔术等演出，内容十分丰富。

因为马在人类生活中的巨大作用，马的形象经常被人们神话起来。昭陵六骏是当年陪伴唐太宗李世民南征北战的六匹马，它们为李世民统一中国的大业立下了汗马功劳，深得李世民的喜爱，也可能是为了让它们永远地陪伴自己，李世民让人在自己陵墓的石碑上刻下了昭陵六骏的形象。据说，特勒骠、青骓、什伐赤、飒露紫、拳毛騧和白蹄乌都是出自画家阎立本之手，由能工巧匠将它们刻画得栩栩如生，在人们心中，它们已经成为神话。相传，“安史之乱”的潼关之战时，叛军士气正浓，忽然天昏地暗，战鼓喧天，数百骑兵从天而降，杀得叛军方寸大乱，落荒而逃。一切平静之后，骑兵也不见了踪迹，多方调查也不得其门而入，这支骑兵仿佛从来没有出现过，只是守护昭陵的官员发现，在潼关大战的那天，石屏上的人马都汗流浃背，仿佛经历了一场艰苦卓绝的大战。

马不光可以骑行，还是农耕的好帮手，马在艺术家的眼里，还是非常好的寄托情怀和哀思的感情归属。徐悲鸿就是如此。在徐悲鸿艺术的一生，画过的马成百上千，但是大体可分为三类。一是天马行空的天马；二是立马斜阳的立马；三是小步奔走的马。但是无论徐悲鸿所画的是哪种马，马的形象都有一个特点，就是，都是瘦马。那是因为徐悲鸿大师在自己画的马里寄托了爱国情怀，早期，他画的马经常是“踯躅四顾，萧然寡俦”，与当时的有识之士一样“为觅生刍尽日驰”；而“九一八”后，马的形象变为“哀鸣思战斗，迥立向苍苍”，“秋风万里频回首，认识当年旧战场”的马。画家经常用马表达内心的苦闷，如“此去天涯将马托”，也会以马来表达理想和信念，“相期效死得长征”。新中国成立后，徐悲鸿的马变为“山河百战归民主，铲尽崎岖大道平”的奔马。徐悲鸿大师的马也是他思想的写照，是他心情的寄托，是艺术形象化的体现。

生肖神话

马在人们的生活中不可或缺，但是关于人类对马最早的驯化还没有一个定论。在我国，相传在黄帝时期，当人们还处于游牧生活时，马被称为“火畜”。一次偶然的机会，黄帝的一个部下偶然地捕获了一匹野马，只要不靠近它，这种动物就非常温顺地吃草。经过长时间的观察，黄帝最后决定派手下的一位精通动物驯养的能人王亥先把这种动物圈养起来。这应该是一匹头马，它有着坚定明亮的双眸，四肢强健有力，形成优美的流线。过了一段时间，它的马群也相继寻来，那是几匹红色的野马，在阳光的映照下，就像是在燃烧的火焰。王亥精心地把它们安置在马圈里，没过多长时间，这个家族就迎来了一个新的成员——一匹小马驹。它细长的腿稍显无力，但却足够在其他的马蹄下尽情地玩耍，时而踉踉跄跄的脚步更是惹人疼爱。人们悉心照料着这个马群，更逐步加深了彼此间的情感。终于有一天，王亥从马圈中牵出了一匹平日里非常温顺的马，鼓足勇气跃在它的身上，但是这匹原本无比安静的马在一瞬间就本能地跳跃起来，并向远处飞奔而去，毫无准备的王亥顿时被狠狠地摔在了地上。好在早已熟悉这里的马匹没过多长时间就又回到了马圈。吸取教训的王亥再接再厉，经过几番研究之后，决定用绳子先把马匹稳定住，然后再纵身跃上马背，而当马再一次地腾空跳跃时，一只手紧紧地抓住套在马身上的缰绳，而另一只手紧紧抓住马鬃。过一阵，马就渐渐地稳定下来。就这样，王亥终于掌握了驭马之术。随着王亥骑马成功消息的传开，越来越多的人都开始跃跃欲试。但就在这时，悲惨的事情发生了，一只老虎袭击了马圈内的小马驹，被发现时这个可怜的小家伙已经命丧虎口，而老虎也来不及叼走自己的食物，慌忙地逃走了。紧急之时，王亥跳上马背紧追老虎，终于一箭射死了它。自此之后王亥大受启发，建议所有部落的人都不要射杀野马，把它们带回部落之中进行驯养。从此人们就可以骑在马背上追击敌人和猎物。据说，在此之后经过两年艰辛的训练和选拔，中华民族历史上最早的一支骑兵就此出现，更在涿鹿大战中发挥了重要的作用。

在博斯腾湖也就是古代的西海，焉耆马有“海马龙驹”的称呼。传说在西海中的西海龙王有三个儿子。有一年，草原上发生了罕见的旱灾，连续数月没有下雨，花草凋零，人畜饥渴，眼看着即将生灵涂炭。善良的西海龙王三太子不忍心昔日繁茂的草原一夕之间化为人间地狱，于是瞒着老龙王呼风唤雨，用西海之水浇灌久旱的大草原，得此甘露，大草原重新变得生机勃勃。但是三太子却因为私自降雨而受到了玉帝的惩罚，被贬为马。于是草原上就有了新疆名马之一“海马龙驹”——焉耆马。

相传，古时的马是有翅膀的，因此也叫“天马”。天马背生双翅，善跑能游，又会飞，本领异常的强大，深受玉帝的喜爱，就让天马做了御马。但是没想到天马仗着玉帝的器重，开始目中无人，无法无天起来了。

一天，一匹自恃身份高贵的天马来到了东海龙宫，不顾守门神龟和虾兵蟹将的劝阻，要强闯龙宫。在争执中，天马一脚踢死了阻拦它的神龟，惹怒了东海龙王，东海龙王一状告到了玉帝面前。玉帝知道后大怒，下令去除天马的双翅，将其镇压在昆仑山下三百年不得翻身。

天宫玉马园的神仙不忍天马在昆仑山下受罪，就给它透露消息说，二百年后人类的始祖会经过昆仑山，那时便是天马脱身的良机。饱受囚禁之苦的天马牢记在心，日日盼望着，终于有一天它发现人类始祖从昆仑山下经过，于是它大喊："善良的人类始祖，救救我吧，我愿用我的一切报答你的恩情。"人类始祖同情天马的处境，于是砍下了昆仑山顶的桃树，救出了天马。

脱困而出的天马随人类始祖来到人间，履行它的诺言，世世代代为人类效劳。在平时，天马耕作运输，不怕苦不怕累；在战时，天马戎装上阵，同主人一道征战杀敌，出生入死。从此，马与人类朝夕相伴，不离不弃。后来，因为马戴罪立功，在人类的推荐和玉帝的默认下马做了十二生肖之一。

关于马成为十二生肖之一，还有另外一个故事。相传，天帝要推选十二个动物做生肖，于是就下命令说，想做生肖的动物都赶紧来天宫报到，谁来得最快谁就排第一名。马知道这个事情之后非常开心，因为世间再没有比它跑得更快的动物了，想到马上就可以做十二生肖之首了，马非常高兴，撒开长腿朝天宫奔去。

可是没想到的是，当跑过一个村庄的时候，马看见一个老婆婆在村外哭泣，于是停下了脚步，问明原因。

原来，是村里发生了瘟疫，很多人都病得快要死去了，而治瘟疫的灵泉水却被一只会催眠的猫妖把守着，如果想去取就得打败猫妖。

看着村里人正在饱受病魔的折磨，马早就把生肖排名的事情忘在了脑后，拍着胸脯答应要求取得治病的灵泉水。到了灵泉山的灵泉水旁果然看见有一只猫妖在看守，但是因为马的速度太快了，猫妖对它也是无计可施，只好让它取走了治病的灵泉水。回到发生瘟疫的村庄，把灵泉水交给了老奶奶，马才想起来自己还在争生肖排名呢，无奈，在村子里耽搁了这些时间，马只能做生肖中的老七了。

生肖在国外

而在希腊神话中，更出现了拥有人的脑袋和马的躯干和四肢的马人。传说中他们生活在丛林之中，和人一样沟通，并且精通占卜、魔法等。他们是希腊传说中的一个部落，远离人类的生活，充满着神秘的色彩。喀戎是半人马中著名的贤者，他的父亲是宙斯之父克罗诺斯，而喀戎更是赫拉克勒斯等许多大人物的导师。然而赫拉克勒斯却在一次追杀其他半人马强盗时误伤了老师喀戎，喀戎由于有着不死之身并不会因此而死亡，但却一直承受着箭上毒药所带来的痛苦的折磨。而此时，为人类偷来天火的普罗米修斯正在高加索山上受刑。一日，当赫拉克勒斯发现痛苦的普罗米修斯时，当即松开锁链，解救了他。而为了满足宙斯的要求，半人马喀戎选择放弃永生，换来普罗米修斯的自由，也解脱自己的痛苦。最后，宙斯把喀戎升上天，他成为人马座，也就是我们所说的十二星座中的射手座。

马在西方文化中被视为一种神圣的动物，它是高贵优雅和速度的象征。希腊神话里，太阳神阿波罗所乘坐的战车就是四轮马车。当英雄珀尔修斯杀死魔女美杜莎时，从魔女头里流出来的血泊中，跳出一匹长翅膀的白马珀加索斯。珀尔修斯骑上这匹飞马，救出了仙女安德洛墨达。后来，这匹飞马被天神宙斯提到天上，成为飞马座。后来珀加索斯成了文艺与科技女神缪斯的坐骑。有一次珀加索斯在缪斯所在的神山上用蹄子踢到了一块岩石，这块岩石立即涌出了一股泉水，诗人饮此泉即可获得创作灵感。这就是直至今天这种动物仍使人们产生诗兴的由来。

在《圣经·启示录》中也有对马的记载。耶稣的天国卫军以及耶稣本人所骑都是白马。启示录中还提到各种颜色的马，它们象征着使者的能力和威严，执行上帝的各种使命。

在北欧神话中，主神奥丁骑着一匹八条腿的马穿过天空，那马是白色或者灰色带有斑纹。

在西方童话中，马能与人类交流，而且拥有魔力，可以预见未来。经常在关键时刻给主人提出建议和忠告。

西方世界驯马的历史，最早可以追溯到公元前6000年，生活在北高加索草原上的古印欧人驯服了马匹并且发明了轮子。3000多年前的古巴比伦时期。两河流域是游牧民族驰骋交战的地方。徒步翻越了海拔超过四千米的高加索山的古印欧人来到这里，他们就是赫梯人。骁勇善战的赫梯人和亚述人不仅是世界上最早使用铁器的民族，还是最早驾驶马车的民族。他们依靠马的力量和速度南征北战，所到之处捷报频传，两河流域都为之所征服。在亚述人的石板浮雕上记载了他们骑马驾车的英武形象，在浮雕上显示，那时的一架战车上有四个战士，执箭持盾各两人，攻守皆宜，是当时最厉害的机动部队，也是靠着这种“坦克部队”，萨尔贡二世在两河流域所向披靡，屡战屡胜。

征服了半个世界的罗马人深知马的能量，马也是其举世闻名的陆军军团最主要的力量。与此相对应的是，欧洲的诸帝诸将都喜欢用自己的骑马形象来显示自己的威风，因此在欧洲，骑马的雕像绘画不计其数。

生肖新鲜事儿

1. 马为什么站着睡觉?

马站着睡觉是源于它们在野外危机四伏的生存环境。马作为一种食草动物，在野外生活时要面临各种野兽的威胁，并且马不同于牛、羊等草食动物长有角，在危险来临时，它们只能通过快速的奔跑以逃离困境。所以马为了时刻保持警惕，无论何时都会站立着睡觉，这样只要周围有一点点的风吹草动，它们都可以快速地撤离，以保护自身的安全。

2. 马为什么喜好摇耳朵?

马的耳朵除了可以敏锐地获取各种周遭环境的声音之外，像狗的尾巴一样，也是马情绪表达的一种方式。当马感到面临危险、极度恐惧的时候，就会不断地发出响声，并且耳朵不停地摇动；当马的心情很愉悦的时候，它们的耳朵就是竖直的；当它们感到疲惫的时候，耳朵就会倒在头的两侧。所以，有经验的养马人会通过马耳朵不同的动作，来判断马的状态，不断调整和马的相处、沟通方式。

3. 为什么看马的牙齿能判断它的年龄?

马的牙齿可以说是马生长年龄的记录。马有切齿、犬齿、臼齿，成年母马大约会长有三十八颗牙齿，成年公马大约会长有四十颗牙齿。小马刚刚出生时，仅有十六颗牙齿，包括四颗切齿和十二颗臼齿。长到四至六个星期时，会再长出四颗切齿。在生长到六至九个月以及十至十二个月时，会分别再长出四颗臼齿。这样，当马出生满一周岁时，共长出二十八颗牙齿。当马长到两周岁时，会再长出四颗臼齿。在此之后，马开始换牙。在两岁半至四五岁期间，它们的切齿和前臼齿相继脱落，犬齿也渐渐长了出来。

在牙齿全部长齐后，我们通过对马的牙齿磨损情况来判断马的年纪。钳齿是在马三岁长齐后开始磨损的，而齿面上凹槽上部的黑窝随着马不断咀嚼草料，在六岁左右就会被磨没。在十三岁左右时，不断地磨损使马牙齿上的齿面逐渐由圆形变为三角形。而十五岁以上的老马，牙齿的磨损速度低于切齿的生长速度，所以切齿会显得更长。掌握了马在不同时期牙齿的生长、磨损规律，也就能比较准确地推算出马的年龄了。

4. 河马属于马的一种吗?

河马和马是两种截然不同的生物，虽然河马被冠以“马”字，但是二者之间并不属于从属关系。

河马是偶蹄目动物，生活在水草丰富的地区。虽然是依靠肺呼吸的大型哺乳动物，但是它们的觅食、交配、生产、哺育等生活行为都在水中完成。河马长有巨大的嘴和锋利的牙齿，但性情温和，可以在水下潜伏半个小时。

马是奇蹄目动物，生活在草原上。它们四肢修长，能在地面上急速奔跑。古希腊人曾经认为河马与马具有一定的亲缘关系，但是现代科学家认为河马的近亲应该是猪或者野猪。在1985年，科学家通过对河马与鲸的血液蛋白进行比对，发现河马与鲸的相似性更大，它们的祖先应该都是一种半水栖的生物，而后进行不同的进化。

5. 中国古代有哪些马最出名？

中国古代有十大名马，它们分别是赤兔、的卢、乌骓、飒露紫、绝影、黄骠马、照夜玉狮子、爪黄飞电、特勒骠、盗骊。

其中人们广为流传的马有吕布所骑的赤兔马，正所谓“人中吕布，马中赤兔”。赤兔马原本为董卓的坐骑，后来董卓把赤兔马赠予义子吕布。吕布死后，曹操把赤兔马又赠予了关羽，最终在关羽被杀后，赤兔马绝食而亡。的卢马的闻名主要是通过辛弃疾的一句词：“马作的卢飞快，弓如霹雳弦惊。”在三国中，的卢马也曾作为刘备的坐骑，在危急时刻救了他一命。乌骓是项羽的爱马，它通体乌黑，犹如上好的黑缎子一般油光发亮，唯独四只蹄子雪白无比，如踏雪一般。相传项羽在乌江边自刎后，乌骓也跳江而亡。其他的马也都作为古代名驹，出现在历史或小说的记载中。

6. 汗血宝马真的“流血”吗?

我们所说的汗血宝马，其实就是土库曼斯坦的国宝——阿哈尔捷金马。在《史记》中记载，张骞出使西域时，曾见过这种宝马：“西域多善马，马汗血。”之所以会给人流血的感觉，是因为阿哈尔捷金马是一种皮肤很薄的马，它们的肩部和颈部的汗腺发达，当枣红色或栗色的马奔跑起来的时候，更清晰地看到血液在血管中的流动，出汗部位的颜色尤其鲜艳，给人一种“流血”的感觉，其实所谓汗血宝马是一种形象的比喻。

7. 文中的马和人之间发生的故事很感人，那么你能列举出我国古代有关马的感人故事吗?

马在古代作为一种极为重要的牲畜，尤其对于征战之人，可以说是共同经历生死的忠诚伙伴。古往今来，关于马的感人故事从来都不胜枚举。

最为人熟知的赤兔马，在被曹操赠予关羽后，与关羽相伴千里走单骑，在战乱中护送两位嫂夫人，毅然踏上寻找刘备之路，过五关斩六将，可以说是在战乱中生死相伴。最后，在关羽死后，赤兔马被潘璋所得。可是赤兔马却不愿易主，终日不吃不喝，最后活活饿死，追随关羽而去。

曹操的爱马绝影在历史上也是赫赫有名。《魏书》中曾有记载："公所乘马名绝影，为流矢所中，伤颊及足，并中公右臂。世语曰：昂不能骑，进马于公，公故免，而昂遇害。"曹操在征讨张绣的过程中，被张绣设计陷入死局之中。在这一战中，曹操的儿子、侄子以及麾下大将典韦都被杀死。在危急时分，绝影身中三箭却仍然载着曹操奋蹄奔驰，坚持到最后一刻，让曹操可以转骑曹昂的坐骑逃过一劫。大战之后，曹操还大肆祭奠了自己的爱马绝影，失声痛哭。

8. 为什么说"拍马屁""露马脚"？

"拍马屁"的说法，相传是源于蒙古族的习惯。蒙古族作为游牧民族，马是他们非常重要的财产，是他们身份、地位的象征。所以在人们相见时，会拍一拍对方的马屁股。如果马屁股紧实肥硕，就会连声称赞为"好马"，这样一来马的主人也就非常自豪与喜悦。而时间长了，有的人不论对方马的品质好坏，都会通过拍马屁股称赞马的方式来阿谀奉承马的主人。所以，人们就用"拍马屁"来讽刺人不顾现实地谄媚奉承。

“露马脚”这个词由来已久，早在元杂剧《包待制陈州粜米》中就有写道：“兄弟，这老儿不好惹，动不动先斩后闻。这一来，则怕我们露出马脚来了。”实际上“露马脚”这个俗语可以追溯到唐朝，《朝野佥载》中讲述杨炯的故事里曾经提及用马来假扮麒麟的游戏。当把马扮成麒麟时，头部可以装扮出角，身上可以披着皮质的短衣，但是唯独马的脚没有办法装扮成麒麟的模样。所以每当表演时，露出马的脚就可以一眼看出它不是麒麟。久而久之，人们就用“露马脚”来比喻弄虚作假，暴露出了事实真相。

9. 汉语中有哪些与马相关的成语故事?

塞翁失马。完整的说法是：“塞翁失马，焉知非福。”相传在战国时期，塞外有一个老人，家中养有很多匹马。有一日，他的马群中有一匹马走失了，人们纷纷来安慰他，他却轻松地说：“没关系，这并不是什么坏事。”人们本以为他是装作豁达，却没想到几天后，丢失的马不仅自己找了回来，还带回了一匹马。知晓了的人们这时不仅佩服塞翁的智慧，向他道喜，不仅找回了自己的马，还又得到了一匹新的马。却不想，这时的塞翁反而一点儿也不高兴地说：“这不见得是什么福分，也许会引出什么麻烦事。”邻居们本以为塞翁只是心中暗喜却装作不在意。塞翁的独子十分偏爱这匹新马，日日骑它出行，却不想有一日他太过兴奋，在骑马奔驰的时候不慎跌到马下，摔断了自己的腿。左邻右舍知道后不由得为塞翁惋惜，但是塞翁却说：“虽然摔断了腿，但是却保全了性命。这不是什么祸事，也许反而是一种福分。”结果没过多久，匈奴入侵，当地的青壮年都被征了兵，最后在战争中丢掉了性命，只有塞翁的儿子因为骑马摔断了腿，没有参军，逃过一劫。从此，人们就用“塞翁失马”来比喻一时的损失反而可能会在接下来的发展中成为一件好事。

指鹿为马。这个成语用来比喻故意颠倒黑白。《史记·秦始皇本纪》中记载了这一成语的来历：“赵高欲为乱，恐群臣不听，乃先设验，持鹿献于二世，曰：‘马也。’二世笑曰：‘丞相误邪？谓鹿为马。’问左右，左右或默，或言马以阿顺赵高。”讲的就是，赵高想要夺得秦朝的政权，为了设法试探群臣，就想出了指鹿为马的方法。他将一头鹿进献给秦二世，并扬言这是一匹马。当皇帝提出疑义时，赵高说，陛下，这确实是一匹马啊，不信，可以问问群臣。这时朝中百官或是沉默，或是直言这就是一匹马。从此就用“指鹿为马”来形容人睁眼说瞎话，混淆视听。

10. 马头琴真是用马头做的吗？

马头琴是蒙古人民喜爱的一种乐器，琴身呈梯形，琴柄被雕刻成马头的形状，那么你知道这种两弦的弦乐器真的是用马头制成的吗，它为什么会叫马头琴呢？

相传在内蒙古大草原上，有一个特别爱马的男子，叫苏和。苏和有一匹从小与他相依为命的骏马，对苏和特别忠诚。可是蒙古草原的一个王爷也看上了苏和的马，多次向苏和购买，可是无论他出多少钱，苏和都舍不得自己的爱马，当然不会卖给他了。

于是这个王爷就想出来一个办法，他在大草原上办了一个马赛，并命令所有的人都必须参加，苏和也只好带着他的马参加了。在赛场上，苏和的马得到了第一名，可是没等苏和高兴，马就被王爷以参赛的马都是王爷的为由给霸占去了。苏和不从，王爷就要杀人，苏和没办法，只好把爱马留给了王爷。

回到与爱马相依为命的家，苏和心痛难忍。而这匹马也越来越想念苏和。一天，王爷骑着这匹马向大臣们炫耀着，没想到这匹马忽然像疯了一样，一跃身把王爷摔了下去，向草原深处的家飞奔而去。王爷恼羞成怒，让人将马射死。马虽然身中数箭，还是一股气地向苏和家飞奔。终于，这匹马来到了苏和的蒙古包前，却因为失血过多而倒在了地上。

苏和听到了自己爱马的嘶鸣声走出来之后，看见爱马躺在地上喘着粗气。马深深地看了苏和一眼，筋疲力尽而死。苏和伤心欲绝，为了纪念它，就用这匹马的尸骨做了一把琴，用股骨当作琴柱，头骨做筒，鬃毛为弓弦，又在装了琴柄的顶部按照马的模样雕刻了一个马头，这就是有名的马头琴的来历了。

羊

红奶羊

1

它把自己黑色的身体蜷伏在一棵被球状闪电灼焦的枯树背后，隐蔽得十分巧妙。离它正前方五十码左右是神羊峰通向尕玛尔草原的最后一个山坳口。树林里晨雾缭绕，还刮起了轻柔的东南风，谢天谢地，它正好潜藏在顶峰的西北隅，这样，它身上那股狼的腥臊味不至于会弥散到山坳里去，熏跑机警的喀纳斯红崖羊群。

太阳在雾帏背后闪烁着炽白的光芒。它焦躁地将坚挺的狼尾在沙砾上磨蹭着，等得有点不耐烦了。就在这时，山坳里传来轻微的杂沓的脚步声，它立刻兴奋得狼眼炯炯，两只狼耳剧烈地颤抖起来。凭多年积累的猎食经验，黑狼晓得是红崖羊群正从迷宫似的神羊峰赶往尕玛尔草原。果然，不一会儿，寂静的山坳口出现一头公羊模糊的剪影，一对弯刀似的羊角在空中摇晃着。它知道，这是羊群派出的哨羊，侦察探路，一旦发现异常，便会咩咩发出警报，后面的羊群便会刹那间像阵风似的逃得无影无踪。哨羊东嗅嗅西瞧瞧，还不时跳到树丛或巉岩背后探头探脑，认真得一丝不苟。对孱弱的食草类动物来说，弱肉强食的丛林危机四伏，往往一个微不足道的疏忽，便会招来灭顶之灾。

它把狼尾紧紧夹在两胯之间，把身体贴在枯树根部凹坑里，尽量使自己漆黑如墨的体毛与烧成焦炭的死树融为一体。它凝神屏息，张大嘴巴，将粉红色的长满倒刺的狼舌伸向地面，尽量减轻呼吸声。动物之间的较量不仅仅是力的角斗，更是智慧的相扑。

终于，疑心极重的哨羊毫无觉察地从它面前走过去了。终于，羊群缓缓地接近了它潜伏的位置。

这是一群由上百头公母老少红崖羊组合成的大家庭，尕玛尔草原夏季丰盛的牧草把它们养得膘肥体壮油光水滑。馋得狼嘴里滴下了口水。一头酱紫色的老公羊步履踉跄地从羊群走出来，一直走到被烧焦的死树跟前，撇开两条后腿撒了泡尿，尿的酸臭味直冲它的狼鼻，尿液射在泥地里溅起的土星子落满它的狼额。它离这头老羊仅一步之遥，它完全可以在原地突然蹿跳起来，又以泰山压顶之势扑到老羊身上，用两只前爪搂抱住羊脖，在老羊还没来得及醒悟过来是怎么回事之时就一口咬断羊颈上那根脆嫩的动脉血管。它从黎明潜伏到现在，已经又饥又渴，黏稠的羊血可以滋润它干燥的狼嘴，喷香的羊肉可以填满它空瘪的肚皮，可是，一直等到那头老羊撒完尿慢悠悠回到羊群去，它都像根树桩一样伏在原地纹丝不动。过了一会儿，一只绒毛鲜红的羊羔逸出羊群，淘气地追逐一只金凤蝶，色彩斑斓的金凤蝶飞飞停停，竟然落到它的狼背上来了；小羊羔蹦蹦跳跳，跟随着金凤蝶也跑到它身边来，一只稚嫩的羊蹄还在它狼背上搔了一下，它只消用狼爪轻轻一钩，就可以把这只羊羔抱进它的狼怀，羊羔肉细腻润滑，堪称一顿精美的午餐，可是，它干咽了一口唾沫，仍然一动不动，放弃了这个难得的捕猎机会。

金凤蝶在它狼背上兜了个圈子，飞跑了。小羊羔遗憾地咩叫了一声，回归到羊群去了。

一般来说，喀纳斯红崖羊的奔跑速度和狼不差上下，独狼闯进羊群总是把凶猛的狼牙和狼爪对准老羊、病羊和羊羔，才不至于会空忙一场。这也符合汰劣留良的自然规律。眼下这只黑狼之所以违反狼的一般行为准则，放弃了送上门来的老羊和羊羔，是出于一种极为特殊的理由。

这是一只成年公狼，大名叫黑宝。今年初春，它用一只狗獾的代价，击败了众多的竞争者，赢得了一只名叫蓓蓓的小母狼的芳心，结为狼夫妻，在日曲卡雪山脚下的葫芦石洞里建立了一个对狼来说算得上温馨的家庭。两天前，蓓蓓产下了一黄一黑两只狼崽，套用人类一句俗话，叫作爱情的结晶。不幸的是，蓓蓓产下狼崽后便流血不止，昨天半夜竟断气了。产崽是雌性动物的一道鬼门关，蓓蓓没能闯过这关。蓓蓓临死前望着洞外的月牙儿一声又一声惨嗥，用狼舌一遍又一遍舔着刚产下的那对狼崽的额头。它晓得，蓓蓓是在哀求它设法养活这对狼崽。狼是一种家庭观念很重的动物，即使没妻子的临终嘱托，它也会肩负起父亲的职责把狼崽抚养大的。问题是，它是只公狼，没有奶喂狼崽。生下来已经一整天了还没吃过一滴奶的狼崽钻到已经狼心停止跳动了的母狼腹下，使劲啃咬乳头，但生命的甘泉早已变得像石头一样僵硬冰凉。它逮了一只草兔，把兔脏嚼成肉糜，用舌尖将肉糜塞进狼崽嘴里，狼崽却把肉糜吐了出来。刚刚出生的狼崽只会吮吸奶汁。狼崽要长到两三个月后，才会开始学吃肉糜。今天凌晨，那只黄毛狼崽已经饿死了。要是再没有奶，剩下的这只黑毛狼崽也很快就会死掉的。最理想的当然是找只正在哺乳期的母狼来代替蓓蓓，但母狼没有为其他狼哺养后代的天性，脾气暴烈的母狼会毫不怜悯地将不是自己的狼崽当点心吞吃掉的。狼的社会没有奶妈这个角色，也没有雇用奶妈这种概念。唯一可行的变通办法是逮一头正在哺乳期的母崖羊回来，就像人类饲养奶牛，用牛奶喂养孩子一样，它要用羊奶来喂养自己的狼崽。

黑宝放走了老羊和羊羔，重新抬起脑袋，瞪圆狼眼，锐利的目光从草叶间的缝隙穿透出去，在羊群中搜索筛选了一个来回，最后把狠毒的眼光牢牢死盯在羊群队伍末尾那头母羊身上。这是一头肥硕的年轻母羊，金红的毛色在阳光下熠熠闪亮，脸额间有块光洁的白斑，显得既温柔又妩媚；臀部浑圆，腹间吊着四只羊奶饱满得像熟透了的柚子，露出非凡的母性风韵。

这正是理想的奶羊！

唯一使它感到美中不足的是，这头母羊神情凄楚，目光忧郁，似乎碰到了什么伤心事。黑宝对这头母羊究竟碰到了什么伤心事一点儿也不感兴趣，它担心的是伤感会影响产奶。它还观察到一个细节，这头母羊膝边没有吃奶的小羊羔。

目标确定后，它撒开四条结实的狼腿，像道黑色的闪电刺进羊群。惊慌失措的羊群四散逃命。它径直扑向那头金红的母羊。它猛跑了一阵，借着助跑的冲力，后腿在草地上使劲一蹬，身体呈流线型剽飞到半空，蹿出七八码远，四肢刚落地，又猛地剽飞起来，又蹿出七八码远，又剽飞起来。这是公狼的捕猎特技——三级蹿跃，在捕捉奔跑速度和自己不差上下的猎物时，这一招十分灵光。

2

按它在喀纳斯红崖羊群中的地位，它不该走在队伍的最末尾。它不是普通的母羊，它的皮毛红得像芍药，红得像火焰，是整个羊群中最风骚、最美丽的母羊，是头羊古莱尔最宠爱的妻子。显赫的地位使它在羊群中享受到许多特殊的待遇。找到一块滴着露珠的青翠草地，总是由它和古莱尔首先并肩走进去，啃吃第一口；钻进栖身的溶洞，最干燥暖和的位置总是留给它和古莱尔的；走在路上，特别是行进在草深林密的危险地带，众羊就会把它和古莱尔拱卫在中间，无论前后左右哪个方向发生险情，它都能及时逃脱。今天是由于心情悲痛，它才破例地走在羊群队伍的最末尾。

它有个同它的体态同样美丽的名字，叫茜露儿。然而，娇好的体态和美丽的名字却无法避免厄运降临到它头上。

昨天深夜，茜露儿在溶洞里分娩了，经过撕心裂肺般的阵痛，一只羊羔从产道滑向世界。它忍受着产后的虚弱，用舌头舔去羊羔身上的胎膜，渴望听到小羊羔咩——咩——的细弱的叫声。可是，老半天过去了，产下的羊羔无声无息。它急忙把小羊羔从漆黑的溶洞内衔到洞外朦胧的月光下，一看，原来生下的是一只死胎。它还是第一次做母亲，怀孕期间曾编织过许多玫瑰色的憧憬，它想象未来的宝贝一定也是金红的毛色洁白的脸颊，吃起奶来像强盗，围着它欢奔乱跳，淘气得简直使自己想去咬它的屁股蛋……没想到生下的却是死胎，黑色的死亡把玫瑰色的憧憬吞噬得干干净净。它的身心受到了巨大打击。它跪卧在死羊羔旁边，面朝着神羊峰咩咩哀叫了整整一夜。

早晨，当羊群动身赶往尕玛尔草原时，茜露儿还沉浸在悲痛中。它神思恍惚地跟在羊群后面，头羊古莱尔几次催促它走到羊群中间去，都被它拒绝了。它没有兴趣和众羊裹在一起，它想独自安静地待一会儿。走着走着，它感觉到腹部四只奶子开始发胀，沉甸甸、鼓囊囊，很不舒服。走到神羊峰最后一道山坳时，奶子肿胀得越来越难受了，发痒发疼，就像有一群蚂蚁在上面搔爬叮咬。胸腹部憋得难受，喘气也很困难了。要是生下来的是活的小羊羔，吮吸它无处流泻的奶汁，该有多好哇，茜露儿想。突然，它瞧见离羊群队伍五十码左右远有一棵被球状闪电灼焦的枯树，也许，将肿胀的奶子在树干上摩擦揉搡，挤掉一些奶汁，感觉会好一些，它想。它便朝枯树走去。

就在这当口，潜伏在枯树背后的黑狼三级蹿跃瞄准它扑了过来。它朝枯树走去，等于是自投罗网。羊群炸了窝似的惊叫奔逃，它还懵懵懂懂没反应过来是怎么回事呢。直到一头鲁莽的公羊慌不择路撞了它一下，它才意识到遇上了麻烦。它想跃起身转过头跟着羊群疾跑，已经晚了，一道黑影从天而降，紧接着，一件沉重的物体落在它背上。出于一种求生的本能，它仍然挣扎着朝前奔跑，但就像走在沼泽地似的，羊蹄越来越滞重。它想朝正前方的尕玛尔草原跑，但右耳被狼牙噬咬住并蛮横地拧扭向左，它梗着羊脖子无可奈何地朝左边的日曲卡雪山跑去。

黑狼两只前爪搂住茜露儿的脖颈，上半个身子骑在羊背上，两条后腿踏蹬着地面，狼牙叼住羊耳指挥方向，狼尾不断抽打羊屁股，像最高明的骑手那样逼迫茜露儿跑出葫芦石洞。

羊群早就溃散得无影无踪了。

转过一道山岬，看得见葫芦石洞了。茜露儿口吐白沫，再也跑不动了。它看见，黑狼丑陋的狼嘴从它背后伸探过来，对准它美丽的唇吻，声嘶力竭地号叫一声；狼嘴喷出一股浓重的血腥味和刺鼻的臊臭味，熏得它喘不过气来；令人毛骨悚然的狼嚎震得它耳膜胀痛，头晕眼花。它四肢一软，咕咚瘫倒在地，昏厥过去。

3

一股凉水冲射在它的羊脸上，把它弄醒了。它睁开眼，光线昏暗，四面都是光溜溜的岩石。脑袋疼得像要炸裂，它又闭上了眼睛。过了一会儿，它感觉到有一样潮湿毛糙的东西在拨弄自己的眼皮，它又睁开眼来，吓得心惊胆战，原来是一只毛色漆黑的狼正在用粉红色的狼舌舔它的眼皮呢。茜露儿出于善良的羊对凶残的狼一种本能的恐惧，惊跳起来。刚站直，右后腿突然一阵钻心疼痛，回首一看，那只脚踝皮开肉绽，还滴着血。这是黑狼把它拖曳进葫芦洞时留下的杰作。黑狼这样做还有另一层险恶的用心，就是防止它逃跑。瘸腿羊是跑不快的。

茜露儿很奇怪自己还活着。它过去曾看见过恶狼擒羊，狼总是当场咬断羊的喉管，吸食羊血，总是飞快撕开羊的肚皮，吞吃羊心羊肝。可自己现在却还活着，虽然后腿一只脚踝受了点伤，但身上其他部位都是好好的。

它又害怕又纳闷，想往后退缩，但背后是坚硬的岩壁，无路可退。它这才看清，自己处在一个葫芦形的石洞里。洞口很小，射进一缕阳光。也许，黑狼把它拖进石洞来，是要拿它做活的标本，训练半大的狼崽怎样对付羊的吧，它想到此，忍不住打了个寒战。

黑狼朝它逼近一步，“噗”的一声，又将一口它一闻就会反胃呕吐的气息喷在它的羊脸上，它腿一软，又跪卧在地。看来，黑狼是要扑上来咬断它的喉管了，它想。它无法逃跑，也没胆量反抗，只好听任宰割。

黑狼一扭腰闪进石洞底端的石旮旯里，很快叼出一只黑乎乎、毛茸茸的小狼崽来，轻轻放到它的腹部。

茜露儿一眼就看清这是一只出生才两三天的幼崽，小小的狼眼还有点睁不开呢，瘦得皮包骨头，已饿得奄奄一息。小狼崽翕动着小嘴，在它的胸腹间来回摸索。

它知道，小狼崽是在寻找它的奶头。它厌恶地扭转身去。狼是羊不共戴天的仇敌，它从生理上和心理上都不愿让自己的乳汁流进小狼崽的嘴里去。

呼——黑狼从喉咙深处发出一声粗俗的低嗥。狼牙磨动着，发出咔嚓咔嚓令食草类动物魂飞魄散的声响。它知道，黑狼是在用身体语言明白无误地告诉它，假如它拒绝为小狼崽哺乳，就要立刻被咬断喉管。

它是头孱弱的母羊，它缺乏反抗意识。它不愿自己被这匹黑狼吃掉。它只能听凭黑狼的摆布，一动也不动。

小狼崽的嘴唇终于寻觅到它的奶头，一口含进嘴里，贪婪地吮咂起来。随着一丝温热的乳汁流进小狼崽饥渴的嘴里，茜露儿胀痛的乳房霎时间变得轻松，紧张的心绪不知不觉松弛下来。它还是头一次哺乳，没想到感觉竟是这样奇妙，如腾云驾雾，产生一种飘飘欲仙的快感，一股无端的柔情涌上心头。对狼崽的厌恶和哺乳的快感混杂在一起，它心里矛盾极了。要是现在吃它奶的不是小狼崽，而是自己的宝贝羊羔，该有多好哇，它想。它一定会一面喂奶一面深情地舔小宝贝柔嫩的脊背，把深沉的母爱和瑰丽的憧憬全部舔进羊羔的心扉。可惜，这是不可能实现的梦！

小狼崽吃空了一只乳房，又换了另一只乳房。茜露儿被迫做了黑狼家的奶羊、小狼崽的奶妈。

4

狡猾的黑狼似乎很有管理俘虏的天才。每天清晨，黑狼就像押送犯人似的把茜露儿押送出葫芦石洞，找一块丰盛的草滩，让它吃个饱。当它吃草时，黑狼就蹲在离它几米远的地方，虎视眈眈地盯着它。只要它稍稍移动吃草的位置，黑狼就会龇牙咧嘴地发出威胁的嗥叫。它不敢轻举妄动，它跛着一条腿，根本无法从黑狼的眼皮底下逃掉。

就算在葫芦石洞里，黑狼也十分谨慎。黑狼外出捕获回一头马鹿或一只香獐，总是节省着吃，要连续吃好几天；时值盛夏，食物不宜久存，但黑狼宁可吃腐败变质的剩食，也尽量减少外出猎食的次数。茜露儿曾想利用黑狼外出猎食的机会逃离这个可怕的狼窝，可是，黑狼每次离洞前，都要在洞口撒一泡气味很浓的狼尿，屙一泡臭气熏天的狼屎，并叼来一丛布满长长倒刺的荆棘，堵住狭小的洞口。茜露儿本能地害怕闻到狼的尿屎，走近洞口就差不多会被熏晕过去。它也害怕自己的羊皮被荆棘刺伤溃烂掉毛。有两次当黑狼外出后，它摸索着逃到洞口，又被狼粪和荆棘吓退回来。

茜露儿由喀纳斯红崖羊群尊贵的皇后一下子变为黑狼的阶下囚，内心的痛苦是无法形容的。它怀念和平安宁的羊群生活。喀纳斯红崖羊是日曲卡雪山十分珍贵稀有的羊种。一般崖羊毛色为土黄或灰褐，喀纳斯红崖羊毛色赤红，鲜艳夺目，更深刻的差别还在于一般母崖羊头上长角，而喀纳斯红崖羊母羊头上没有角，性情特别温婉。在明媚的阳光下，在碧绿的草滩间，在姹紫嫣红的野花丛中，红崖羊像绅士般娴静地散着步，温柔地吃着草。除了在求偶期与公羊之间偶尔会发生一些纷争外，没有拼斗，也没有祸乱。即使公羊争偶，也不会像狼那样进行血淋淋的厮杀拼搏，而是两头公羊互相用犄角进行炫耀和比较。虽然也会羊角碰撞摩擦，但绝不会动真格地把尖角捅进对方的肚皮里去。两头公羊总是有克制地轻轻将犀利的羊角触摸到对方的羊角，用舞蹈般的花步比试着谁头上的角更漂亮，更有魅力。对喀纳斯红崖羊群中的公羊来说，头上的羊角不是凶杀的武器，而是健美的标志。多么富有诗意的生活啊。还有使茜露儿梦魂萦绕的神羊峰，这座高耸入云、终年积雪的山峰形似巨羊，特别是峰顶两根挺拔的岩石，宛如羊头上两只犄角。据说神羊峰生活着一头健壮的公羊，长着羊的脸、虎的爪、狼的牙、熊的胆、豹的尾、牛的腰，但胸腔里跳动着的却是一颗纯粹的羊心。据说这头神羊对同类和一切弱小的食草类动物善良温顺，对残害生灵的食肉类猛兽英勇无畏，它骁勇善战，任何豺狼虎豹都不是它的对手。虽说这是童话，但喀纳斯红崖羊群把神羊峰视为圣地，世世代代生活在神羊峰迷宫似的山麓上。每一只红崖羊都相信俯瞰大地的神羊能庇护它们免遭灾难。说来也奇怪，那些在尕玛尔草原称雄称霸的老虎、雪豹和野狼，从来也不敢闯进神羊峰来。那儿真是一块名副其实的和平圣地。

茜露儿想念喀纳斯红崖羊群，想念神羊峰，想得很苦很苦，刻骨铭心的思念激起了它要从阴暗的充满血腥恐怖的狼窝里逃走的欲望。终于有一天，黑狼外出觅食后，它鼓起勇气，屏住呼吸，哆哆嗦嗦地走到洞口，强忍住狼尿狼屎的恶臭，极其小心地用两只羊蹄将洞口的荆棘丛扒开个窟窿，上半个身体刚刚探出洞去，突然，惊得目瞪口呆，黑狼就蹲在洞口；它的羊鼻差不多快碰撞到狼鼻了。黑狼皱褶极深的眼睑间漾着一丝阴笑，似乎在嘲笑它的愚蠢，又似乎在为自己的先见之明而得意。茜露儿吓得又立刻缩回洞内。这次逃跑所带给它的，是黑狼用利齿在它本来快痊愈的右脚踝伤口上又咬了一下，它瘸得比以前更厉害了。

从此，茜露儿断绝了利用黑狼外出猎食的机会逃离狼窝的念头。

5

一眨眼二十多天过去了。小狼崽在茜露儿充沛奶汁的喂养下，日渐强壮，黑毛油亮，胖嘟嘟像只肉球，它管小狼崽叫黑球。年幼的黑球不懂事，不晓得它是被父狼强行捕获来的奶羊。出于一种有奶便是娘的幼稚本性，黑球对待它像幼崽对待母兽一样，整天依偎在它身边，饿了就钻进它的怀里找奶吃，吃饱了就拱进它的怀里酣睡，睡醒了就淘气地咬它短短的羊尾巴玩。不知是出于一种习惯还是出于一种母性的本能，它对黑球最初的厌恶和憎恨渐渐淡漠了。哺乳动物所进行的哺乳活动不仅仅是生理交流，还是一种感情互掺和心理交流。交流着爱，交流着生命，交流着依恋。现在黑球来吃它奶的时候，它表面上虽然还冷若冰霜，摆出一副无可奈何的神态，但内心却涌动起阵阵温情，产生一种神圣的感觉。有一次，黑狼不在身边，它还冲动地用羊舌舔了黑球的额头呢。连它自己都对自己的行为感到不可思议。按理来说，它是羊，黑球是狼，狼吃羊，羊怕狼，狼和羊是不共戴天的仇敌，是不可能也不应该有任何感情纠葛的。可是，在黑球面前，它的理智似乎很难驾驭自己的感情。

黑球用同样的热情回报着它的爱。那次它想逃跑没得逞，右脚踝又被黑狼凶残地咬了一口时，它咩咩呻吟，黑球突然从它怀里蹿出来，朝黑狼凶猛地呜呜号叫着，去咬黑狼的脚。黑球的神情完全像个护卫母亲的小骑士，在帮母亲反击凶暴的父狼。黑球稚嫩的乳牙当然无法咬疼黑狼，连一根狼毛也咬不断。但不知为什么，茜露儿觉得自己得到了许多安慰，流血的伤口似乎也不那么痛得心慌了。

它压根儿也没想到，它和黑球之间这种日益增长的感情会刺激黑狼想提前杀死它。

在黑狼眼里，茜露儿不过是一顿候补晚餐，是挤奶机器。黑狼一看到黑球钻进茜露儿怀里撒娇，就会产生一种厌恶和恐惧。狼天生就应该是吃羊的，怎么能向羊撒娇呢？黑狼最担心黑球由于吃了羊奶，由于和茜露儿亲近，会沾染上羊怯懦的性格，害怕自己的宝贝黑球狼的品性会退代或异化掉。瞧黑球，竟也学着茜露儿的样子将狼嘴在草地上啃啃咬咬，也学着羊的模样用前爪搔首弄姿。黑狼看在眼里，恶心得简直想呕吐。再发展下去，黑球狼的胸腔里大概要叫出咩咩的柔弱的羊叫声了。是可忍，孰不可忍。特别是这一次，黑球竟然为保护茜露儿来咬它的脚，它父狼的感情受到了深深的伤害，忧虑也迅速升级。再任其发展下去，黑球大概真的要把茜露儿当作生身母亲，从而变成一只狼不狼羊不羊的怪物了，黑狼想。按常规，小狼崽要三个月以后才能断奶，开始学吃肉食，黑球才刚刚满月，但黑狼已经等不及了，它不能看着黑球和茜露儿再继续亲密两个月。它决心提前结束黑球的哺乳期，割断黑球狼性异化的途径。

当天下午，黑狼就外出捕获回一头鹿崽，把鹿崽最肥嫩的颈肉嚼成肉糜，用舌尖塞进黑球的嘴里。黑球不习惯吃肉糜，含在嘴里，又吐了出来。黑狼耐心地一次又一次把肉糜重新塞进黑球的嘴里。终于，黑球嘴巴嚅动着开始学着黑狼的样儿咀嚼起来……

在以后的几天里，黑狼经常用肉糜喂养黑球，尽量减少黑球吃奶的次数。

黑球已经可以勉强吞咽肉糜了。只要再强化训练两三天，就可以用肉糜代替奶汁了，黑狼想。到了断奶这一天，它要进行一场血的典礼，庆祝黑球狼的生命又一次再生。它预想的典礼是这样的：选一个血色黄昏，当夕阳和葫芦石洞连成一条平线后，它当着黑球的面，咬断茜露儿的喉管；在如血的残阳照耀下，让血流得更浓更艳；撕开茜露儿的胸膛，扒出羊心羊肝，强迫黑球吮吸黏稠滚烫的羊血，咀嚼还在痉挛跳动的羊心。黑狼相信，在这血的典礼中，将会唤醒黑球沉睡的狼的意识，将会彻底割断黑球的恋母情结。

6

夕阳西下，如血光斑慢慢移进葫芦石洞。阴晦的洞内涂上了一层悲壮的色彩。黑狼在一块鲤鱼形的砂石上轻轻地磨砺着两只狼爪。只要再等几分钟，夕阳与洞口拉成直线，它就纵身扑到红奶羊茜露儿的身上去。

此刻，葫芦石洞内悄无声息，沉浸在一片黑色的恐怖中，笼罩在死亡的阴影里。当然是对羊而言。

茜露儿缩在石旮旯里，浑身觳觫。当黑球比较利索地将一团黑狼塞给它的肉糜吞进肚里，它就清醒地意识到，自己的死期已经降临。它早就看出来了，黑狼正在加快结束它奶羊的历史使命。瞧黑狼阴森森的狼眼里，隐含着一股杀气。黑狼已整整四天没有外出猎食了，已饿得肚皮贴着脊梁骨。今天艳阳高照，是捕猎的好日子，黑狼仍赖在窝里不出去，显然，是把茜露儿视为可口的食物了。它是软弱的母羊，它身陷狼窝，是绝对逃不脱被吃掉的厄运的。它唯一的希望是黑狼在结束它生命的时候爪牙麻利些，不要拖泥带水，这样会延长它死亡的痛苦。

黑球似乎也预感到了什么，钻进茜露儿的怀里不肯出来。这是有毒的依偎，对狼来说，不过这是最后的依偎了，黑狼想。此刻杀死茜露儿，毫无疑问，会引起黑球灵魂的悸颤，继而感情裂变，狼意识幡然觉醒，效果一定好极了。

夕阳正一点一点滑向与葫芦石洞平行的天际。

汪汪汪，突然，寂静的洞外传来猎狗紧张的吠叫声。洞口浓重的残阳里投进一位持枪猎人的身影。毫无疑问，是讨厌的猎狗在跟随主人撵山狩猎时无意间路过葫芦石洞，狗鼻子闻到了洞内狼的气味，才这样吠叫为主人报告猎情的。黑狼很快明白了自己的处境。它孤身一狼，是无论如何也敌不过一个猎人加一条猎狗的，更何况猎人手里还握着一杆会闪电喷火会飞出啖肉喋血的小精灵的猎枪。要是它守在洞内顽抗，猎人会把冰凉的枪管伸进洞来胡乱射击。葫芦洞是个直端端的石洞，没有弯曲，没有暗道，没有屏障，也没有第二条出路。无情的子弹不仅会洞穿它的躯体，还会撕碎它的宝贝黑球，就算它护在黑球面前，用自己的身体挡住子弹，结局同样悲惨，当自己奄奄一息倒在血泊中后，那条早就在洞外等得不耐烦了的猎狗就会踏着它的狼血奔进洞来，当着它的面叼起惊慌失措的黑球，到洞外去向主人邀功请赏。

还有一个办法，就是强迫红奶羊茜露儿蹿出洞去做牺牲品，兴许能骗过猎人和猎狗。它去拖拽茜露儿，但茜露儿不知是被吓傻了还是故意在这节骨眼上要赖，缩在石旮旯里抱住地面一块突兀的钟乳石死也不肯松动。

汪汪汪，洞外的猎狗吠叫得更猛烈了。时间不允许它再磨蹭。躲，躲不开；藏，藏不掉。剩下的唯一办法，就是它黑狼自己冲出洞去把猎人和猎狗引开，用自己的死换取小狼崽黑球的生。只是把黑球留给红奶羊茜露儿它很不甘心，但已没有其他办法了；让黑球逃过劫难活下去是最重要的。主意既定，黑狼伸出舌头深情地在黑球屁股蛋上舔了一下，嗥叫一声，像股黑色的飓风蹿出洞去。

洞外光线很亮，站着一位腰缠豹皮赤裸着古铜色上身的猎人和一条花色卷毛狗。它本想用突然袭击的方法把发愣发怵的猎人扑倒在地，咬断他的手腕，让那杆威力无比的猎枪“嘭”地掉地失去作用。遗憾的是，卷毛狗的反应比它想象的还要快，它刚蹿出洞口就朝它扑了过来。它被迫和卷毛狗抱成一团在地上打滚。假如没有猎人介入，凭它黑狼丰富的厮杀经验，绝对有把握在翻滚四五个回合后咬断卷毛狗的喉管。但猎人不想让狼和狗进行绅士式的一对一的决斗，他举起沉重的枪托，觑了个破绽，一枪托砸在它的狼腰上。狼是铜头铁腿麻杆腰，它痛得惨嚎一声。它恨不得同卷毛狗和猎人拼个你死我活，可是，一想起葫芦石洞里还藏匿着没有丝毫反抗能力的黑球，它立刻放弃了这种愚蠢的冲动。假如自己滞留在洞口拼命，极有可能自己会倒毙在洞口，那么，在收拾掉它后，气急败坏的卷毛狗和猎人就会闯进洞去搜索，把黑球当战利品捉走。必须离开葫芦石洞！它腾出嘴喙，狠命朝卷毛狗的颈窝咬去；卷毛狗扭头躲避，它趁机一蹬狼腿，从卷毛狗过分热情的拥抱中挣脱出来，沿着起伏的山梁奔逃。它的狼腰被枪砸伤了，跑得踬踬颠颠。就算它狼腰没受伤，它也不想逃得太快，它要和追击者保持这样一种距离，让卷毛狗嗅得着自己的气味，让猎人隐约瞧得见自己的身影，这样他们才会有兴趣穷追不舍，离开葫芦石洞。

黑狼在光秃秃的山梁上奔逃着，夕阳把它的身影拉得很长很长。

砰——枪声在静谧的山野激荡回响。

它只觉得像被山豹猛拍了一掌，在地面上翻了个筋斗，腹部撕碎般地疼痛。它终究跑不过子弹的速度，子弹在它肚皮上对穿了两个窟窿，狼血在黄颜色的山土上流成一条红线。不一会儿，疼感消失，想打瞌睡。它竭力睁开眼皮，叼起自己的肠子，踉踉跄跄继续朝前奔跑。离葫芦石洞远一步黑球就减少一分危险。猎人的脚步声越逼越近了，卷毛狗气势汹汹的吠叫声已差不多缠上了狼尾。它又拼命朝前跑了一程，然后，蹿进路旁一丛茂密的斑茅草中，回转身来，高竖起狼头，向着火球似的夕阳，向着猎人和卷毛狗，发出一声悠长凄厉悲愤的狼嗥。猎人和卷毛狗被它怪兀的举动镇住了，在离它十多码远的地方驻足观望。黑狼瞪圆生气勃勃的一双狼眼，似乎还有无限生命力，似乎随时准备进行殊死的反击。猎人和卷毛狗迟迟不敢靠近，其实，它的狼血已经流干，狼心也已停止了跳动……

7

黑狼的奔逃声和猎人猎狗的追捕声越离越远，终于消失在呼呼作响的山风中了。直到天黑，黑狼再没有返回葫芦石洞，猎人和猎狗也没有再次出现。茜露儿明白，黑狼一定是被猎人和猎狗擒捉或打死了。

悬在茜露儿头上的恐怖的死神消失了，地狱自动开启了通向天堂的大门。现在，已没有任何力量能约束它的自由，能阻止它回到迷宫似的神羊峰，回到日夜想念的喀纳斯红崖羊群去了。翌日清晨，茜露儿拖着受伤的右脚踝，一瘸一拐离开葫芦石洞。跨出狼窝的一瞬间，它流下了欢乐的泪。它忘情地用三只未受伤的羊蹄在洞外的草坪上蹦跶欢跳，朝山脚下一望无垠的尕玛尔草原奔去，那儿有它钟情的头羊古莱尔，有它相亲相爱的羊兄羊弟羊姊羊妹。突然，它觉得脚下被什么东西绊了一下，闪了个趔趄，它低头一看，原来是黑球。

它为黑狼意外死亡，为自己能恢复自由离开狼窝兴奋得差不多把黑球遗忘了。

黑球蹒跚着跟在它身后，黏在它的膝腿间。

它厌恶地用羊蹄踢了黑球一脚，把黑球踹出一丈多远。滚开，它想，黑球是狼崽，过去它被死亡威胁着被迫给这只小狼崽喂奶，现在，这种威胁已随着黑狼死亡而自动解除了，它已没必要再充当奶羊这个耻辱的角色了。它天生惧怕狼仇恨狼，躲避唯恐不远，还怎么会再理睬这只丑陋的小狼崽呢。

黑球大约是被它踹重了踹痛了，蹲在一块土坷垃上呜呜哀叫着，显得滑稽可笑。

滚吧，小狼崽，滚得越远越好！茜露儿决心像扔掉一团不能咀嚼的苦艾一样扔掉黑球。这没有什么不道德的，它想，本来嘛，狼就是羊的天敌，羊离开狼是天经地义的事。

它头也不回地往前走。

呜呦——呜呦——背后传来黑球的呼唤。声音柔弱，充满了委屈，是一种典型的幼兽向母兽求饶的叫声。茜露儿的心动了一下。黑球求饶的叫声像只鱼钩，专门来钩它母性的灵魂。这只没爹没娘的小狼崽还是怪可怜的，它想。假如它弃下黑球不管，黑球肯定不是饿死就是被其他食肉类猛兽当点心吃掉。狼虽然凶猛，但黑球还太小，既没有捕食能力也没有防卫能力，抛弃它就等于把它交给了死神。黑狼有难，茜露儿没有任何怜悯之情，碎尸万段也难解它的心头之恨。但黑球就是另一码子事了。它毕竟给它哺乳了整整一个月，不说建立了母子感情，起码还有那么几分友谊和亲密。黑球虽然也是只狼，但还是只不谙世事的小狼崽，还没有吃过羊，没有犯过杀戮的罪孽。茜露儿不由自主地停下脚步，想离开，又有点舍不得，想回到黑球身边去，又觉得有悖情理。

它在羊性和母性间犹豫彷徨。

这时，黑球跌跌爬爬又钻到它的膝下，小家伙不知是真饿了还是想在母亲的乳房间来寻找镇静和安慰，张着小嘴来吮吸它的奶头。乳汁汩汩地流进黑球的嘴里，也牵引出了茜露儿被羊和狼世俗观念所压抑了的母性，它心里痒丝丝的，涌动起一股温柔，一团缱绻。有奶便是娘，哺乳便是儿。黑球是茜露儿头一个哺乳的对象，比初恋更刻骨铭心难以忘怀。它伫立着不动，给黑球喂了个饱。

动物在童年期总是天真可爱的，会对庇护和哺育自己的母兽做出许多眷恋的亲昵举动，讨取宠爱。小狼崽也不例外。黑球吃饱奶后，在茜露儿面前打滚，四只爪子在空中踢蹬舞动，而后又趴在茜露儿胸口，去驱赶钻进羊毛的一只七星瓢虫，憨态可掬，把茜露儿逗乐了。

也许，它应该陪伴在黑球身边，等黑球断奶后，等黑球能独立谋生后再离开，它想。虽然这样做，完全不符合喀纳斯红崖羊的行为规范。

8

茜露儿带着黑球，搬离了葫芦石洞，按红崖羊的生活习性，登上日曲卡雪山北麓的一座断崖，在几乎悬空的一条石缝里建立了新的窝巢。转眼间又过去了三个月，黑球的牙齿已长齐并越来越尖利了，肩胛和胸窝鼓凸起一块块腱子肉，长成半大的幼狼了。令茜露儿感到欣慰的是，黑球虽然是狼，却从来没扑食过活的动物；虽然生性淘气，好动好闹，但总的来说还是像羊羔那么听话，那么乖巧，只要茜露儿一声吆喝，黑球就会从远处飞奔到它身边，像羊羔那样摇动脖颈甩动尾巴伸出舌头来舔掉它羊毛上沾着的泥星。黑球从来没有像狼那样用利爪磨尖牙，也从来没有像狼那样在寂寞的深夜坐在冰凉的磐石上朝弦月嗥叫。黑球是吃茜露儿的羊奶长大的，也许，会变成一头羊羔的，当然是外狼内羊，或者说是披着狼皮的羊。茜露儿没本事给黑球换一副羊的皮囊，但完全可以努力培养它羊的品性。

茜露儿决心试一试。

狼性格暴烈，茜露儿就利用母性的权威，让黑球从清晨到中午一动也不动地躺卧在它身边，观赏蓝莹莹的天、白飘飘的云，以磨掉黑球身上的浮躁和野性。一段时间后，黑球果然温顺娴静得差不多能和羊羔媲美了。狼嗓音嘶哑高亢，叫声凄厉瘆人，很不中听，茜露儿就耐心地进行示范，咩——，气出丹田在食草的羊肠缭绕巡回，音调平缓而节奏起伏蕴含着柔美与宁静。咩——咩——黑球学得相当努力，虽音调仍然跌宕太大，怪声怪气，非狼非羊，但比纯粹的狼嗥要顺耳得多了。

在重塑黑球性格的过程中，最难的课题就是改变黑球的食谱。红崖羊吃草，特别爱吃带着露珠的翠绿草叶，脆嫩爽口，汁液甘甜，简直是一种艺术享受，不亚于人类吃满汉全席。茜露儿一门心思想教会黑球享用青草。咩咩——茜露儿一面叫唤一面做示范动作，唰地用牙齿齐崭崭啃下一团草叶，用舌头卷进嘴去，放在牙床上细嚼慢磨。吃吧，宝贝，当你学会了吃草，你就变成真正的羊了！茜露儿充满信心地用眼神鼓励黑球。黑球好奇地在草面上抓抓刨刨嗅嗅闻闻，它正处在模仿时期，学着茜露儿的样儿也啃了团青草，刚嚼了一口，便“噗”的一声吐了出来，还使劲甩动下巴，那痛苦难忍的鬼样子，就像误吃了毒药。任茜露儿怎样引导它再也不去啃咬青草了。

茜露儿不甘心重塑黑球性格的努力就这样轻易流产，它想，黑球吃饱了它的奶汁，自然不肯去吃草了；用饥饿来迫使黑球把青草列入自己的食谱，也许不失为一种好办法。饥饿是动物最优秀的教师。于是，第二天，它整整一天不给黑球喂奶。任黑球哀叫乞求，任黑球可怜巴巴地一遍又一遍表演摇尾巴、竖蜻蜓等小节目，它就是不让黑球钻到自己的怀里来。

到黄昏，黑球已饿得叫声喑哑，脚步发软。是时候了，茜露儿想，饥饿这位最优秀的教师该粉墨登场了。它走到一块长着味道美极了的苜蓿地里。为了吸引黑球的视线并撩拨它的食欲，茜露儿将啃吃草叶的动作夸大到了艺术表演的程度，嚼得满口流香，嚼得心旷神怡。遗憾的是，奇迹没有发生，黑球对紫花苜蓿不屑一顾，连闻都不想去闻。这当口，湿漉漉的草地里跳出一只硕大的牛蛙，黑黄绿三种颜色杂驳的蛙背在阳光下闪烁着炫目的光晕。黑球盯着牛蛙看了几秒钟，突然屈起后腿竖起前腿，嗷咩怪叫一声，就要朝牛蛙扑过去。茜露儿眼捷蹄快赶紧奔过去挡住了黑球，摇晃起腹部的乳房，让黑球来吮吸自己的乳汁。

有奶吃，黑球自然放弃了扑食牛蛙的冲动。

对茜露儿来说，无论如何也不能让黑球大开杀戒，品尝荤腥。它无可奈何地放弃了要黑球吃草的努力。

9

又过了两个月。

时令已进入深秋。几场西北风一刮，树叶掉了，草叶黄了，清晨醒来，山峦草原都落了一层亮晶晶的雪霜。对红崖羊来说，深秋和冬天是食物匮乏的困难时期，只能到沼泽地去寻找芦苇根或啃吃榆树皮，实在没有办法就嚼食干涩无味的枯草，半饥半饱，在夏季养得膘肥体壮的红崖羊过完冬天便会掉一身肉。食物质次量少，自然影响产奶。本来四只羊奶胀鼓鼓的像源远流长的泉，喂饱黑球还有富余，现在，后面一对乳房都萎缩干涸了，前面两只乳房虽然还有奶，却稀薄如水，寡淡无味。黑球正在长身体，自然吃不饱，常常饿得哇哇直叫。按常规，红崖羊都是春天交配，夏天产崽，秋天断奶，这是适应气候变化牧草盛衰的最佳选择。应该给黑球断奶了。可是，黑球断奶后吃什么呢？它不肯去吃青草，一断奶不就逼着它去杀戮弱小动物吗？茜露儿宁肯无限期延长哺乳期，也不愿看见黑球变成一只恶狼。它尽量让黑球滞留在它的乳房边，有时，它的奶汁流干了，贪婪的黑球还使劲吮吸，疼得它真想尥蹶子把黑球蹬翻在地，再踏上一只蹄，叫黑球小半天不得翻身！但一想到不能让黑球变成食肉的狼，它就忍痛哺乳，奶汁里搅混着殷红的血丝。

生理规律是不以人的意志为转移的，也是不以羊的意志为转移的。终于有一天早晨，茜露儿前腹部两只乳房也萎缩干涸流不出一滴奶来了。中午，黑球已饿得直咬自己的尾巴。下午，茜露儿带着黑球逛进一片白桦树林，希冀能捡到几枚鸟蛋给黑球充饥。吃鸟蛋似乎不属于杀生范围。突然，一头浑身雪白的小绵羊从树林里钻出来，从它和黑球面前奔过去。这头小绵羊也许是迷了路，也许是淘气从牧羊人的羊圈里溜出来的。一刹那间，黑球两眼发亮、下巴扭歪、耳朵尖竖，喉咙里发出一串咕噜咕噜既像是咒骂又像是欢呼的声响。茜露儿的心揪紧了，产生了一种可怕的预感。还没等它想出制止的办法，黑球已像支黑色的箭朝小绵羊扑去。黑球的扑击迅猛有力，一眨眼工夫已凶狠地用两只狼爪把小绵羊按翻在地。小绵羊在狼爪下徒劳地挣扎着发出咩——咩——的惨叫声。

茜露儿急忙赶过去，咩，咩咩咩咩！放开你的爪子，放开你的爪子！

可是，身上没有奶，叫破喉咙也不灵啊。

黑球仿佛聋了似的，对茜露儿的规劝和哀求不予理睬。它疯狂地将尖尖的狼嘴刺进小绵羊柔软的颈窝，叭，响起喉管被咬断的脆响，鲜红的羊血爆溅出来，黑球伸出舌头贪婪地吮吸起来……

茜露儿赶紧把头扭开。它不忍心也不习惯观看恃强凌弱的屠杀场面。一股浓烈的血腥味随风飘进它闻惯草叶馨香和野花芬芳的鼻孔，熏得它直想呕吐。它只好跑到老远的一座山包背后，把羊脑袋埋进一丛衰草间，眼不见为净，耳不听心不烦，鼻不闻阿弥陀佛。

太阳西斜时，黑球兴高采烈地回到茜露儿身边来了。茜露儿用厌恶的眼光打量了一下黑球，刚才还空瘪瘪的肚皮凸出来，浅灰色的唇吻间还沾留着几丝残血。油亮的狼毛由于厮杀而显得有些凌乱，却生气勃勃。看来，可怜的小绵羊已被它囫囵吞进肚去，白桦树林里只剩下一副羊的骨骸和皮囊了。

嗷咩叽，嗷咩叽，黑球兴奋地在山包上下蹦跳着，无师自通地哼起了狼歌。茜露儿是红崖羊，听不懂狼的语言，但从黑球得意忘形的表情间不难猜出歌词大意：

血浆比奶浆更好喝，
咬断小绵羊的脖子是多么舒服；
乔皮咕吐，叽哈呀嘀。
我的爪子和牙齿同样锋利，
不吃肉我宁肯饿肚皮；
香格里里，甜格西西。

茜露儿沮丧到了极点。现在它才明白，黑球是标准狼种，绝不会因为吃了几个月的羊奶就变成羊的。是的，黑球为了能吃到它的奶，为了不失去它母性的庇护，为了取悦于它，曾学着像羊那样甩尾晃脑，学了羊的腼腆恬静，甚至还能嗷咩嗷咩发出非狼非羊的叫声，但这些它费尽心血传授的羊道是多么脆弱，一旦有一头小绵羊从面前经过，黑球就爆发出了被压抑的全部狼性。

黑球第一次尝到了屠杀的甜头，高兴得在茜露儿面前打滚。

茜露儿忍不住打了个寒战。黑球已经开了杀戒变成一只凶恶的狼了。狼最爱吃羊，黑球刚才吃的就是小绵羊。绵羊和红崖羊同宗异族，除皮毛红白差别外，长相大同小异，都有一股羊膻味。过去因为黑球尚小，不明事理，误把茜露儿当作母亲。纸包不住火，真相总有一天会败露的。对狼来说，有奶便是娘，无奶便是羊。当黑球再长大些一经发现茜露儿是狼的食谱上名列首位的红崖羊，一定会毫不犹豫地扑上来把它撕碎吃掉的。继续陪伴在黑球身边，就像待在定时炸弹旁边一样危险。应该趁黑球狼意识还没彻底觉醒前赶快离开，它想。

10

宝石蓝的夜空中悬挂着一轮明月。茜露儿领着黑球回到了日曲卡雪山北麓的断崖上。黑球蹲在石缝口一块悬空的平台上，向着月亮，发出一串婴儿啼哭般的嗥叫声。世界上所有的狼都有这种奇特的习惯。也许是在向月亮倾诉自己的孤寂，也许是在向月神宣泄对世界的仇恨，茜露儿身为红崖羊无法理解狼向月亮发疯般嗥叫的内在意蕴，但有一点它是明白的，黑球从生理到心理都在迅速狼化。

黑球叫累了，便趴在茜露儿身边，不一会儿就呼呼睡熟了。黑球到底还是只幼狼，睡着睡着就把脑袋拱进茜露儿温热的胸窝，也许是为了取暖，也许是出于幼崽对母兽的一种依恋。

茜露儿在目睹黑球扑食小绵羊后，对黑球的温情便已烟消云散。它现在心里对黑球只有憎恶，一种世世代代遗传积累下来的羊对狼的本能的憎恶。它轻轻摇动了身体，黑球睡得很沉，没惊醒。它悄悄抽身站起来，想趁黑球睡熟之际离开断崖。刚走了两步，它又犹豫了，就这样离开黑球了吗？黑球很快就会长成一只大公狼的，会像世界上所有的恶狼那样肆无忌惮地闯进羊群进行血腥的屠杀。不，黑球较之那些普通的狼对羊群的威胁和危害会更大。黑球吃过自己差不多半年的羊奶，身上会永远保留一股羊膻味，黑球熟识一整套羊的生活习性，会像羊那样搔首弄姿，甚至还会用假嗓子吊出可以混淆视听的咩——咩——的叫声。黑球完全可能利用这些特长骗过善良的羊的鼻子、耳朵和眼睛。这将是一只地地道道的披着羊皮的狼！茜露儿脑子里突然跳出前年喀纳斯红崖羊群在尕玛尔草原遭遇的惨祸。那是一只狡黠的老狼，唇喙间的胡须都老得焦黄了，狼眼布满了眵目糊。老狼从老死的红崖羊身上剥得一副羊皮囊，披在身上，在暮色苍茫间混杂进羊群，突然露出狰狞面目，趁羊群惊骇混乱之际，一口气咬断了七头羊的喉管。可怜的姗姗，已快临产了，结果肚子里的宝贝变成老狼的一道甜点心；可怜的杰亚，刚做了新郎，就变成新鬼；可怜的小羊羔索索，来到这个世界才三天……完全可以顺逻辑推理，自幼经过红崖羊奶汁文化熏陶的黑球，将会比那只狡黠的老狼对喀纳斯红崖羊群构成重大的威胁!

要是不久的将来果真发生这样的惨祸，那茜露儿就是恶狼的帮凶，残害自己种族的罪羊。它无法回避和抹杀这样一个铁的事实，是它用自己的乳汁养育了红崖羊最凶恶的天敌——狼！要是当初黑狼一死，自己马上狠狠心离开黑球就好了，它想，黑球一定会饿死，世界上就少了一只吃羊的狼。它恨自己身上软弱的母性和母性的软弱才使自己铸下大错，它不能一错再错错到底，它想，它不能这样轻易离去，它应该设法弥补自己的罪孽，铲除祸根。

黑球躺卧在石缝外狭窄的平台上，头朝外尾朝内，已经睡熟了，假如它走过去，用脑门顶住黑球的屁股，黑球不会惊醒；即便惊醒，看见是它，也不会在意的，茜露儿想。平台光秃秃，很滑溜，它只要屈起四肢使劲朝前蹦挺，就能将正在熟睡中的毫无戒备的黑球——不，是恶狼，从几十丈高的断崖上抛摔出去。黑球——不，是恶狼，只来得及在半空中发出半声惨嚎，就会被摔成肉饼。

为羊除害，它的行为是正义的，它想。

它蹑手蹑脚地踅回平台，克制住激烈的心跳，把脑门顶在黑球屁股上。黑球没醒，它咬紧牙关，刚要用力蹦挺起来，突然，断崖左侧那条羊肠石径上传来一阵急促的脚步声，紧接着，一对绿莹莹的可怕的兽眼像两点鬼火迅速朝它站立的位置飘来。一股豺的咸腥腥的恶臭气味直冲羊鼻。

豺也是红崖羊的天敌。

赤褐色的豺虽然体格比狼瘦小一圈，也没有狼的雄姿风采，肢短颈细，走起路来缩头耸肩，相貌丑陋猥琐，但凶残却不亚于狼，且智商高于多半哺乳类动物，因此在人类比喻邪恶的字典里，恶名声排在狼的前面，谓之豺狼。豺狼虎豹，即最凶残狠毒者也。

茜露儿惊得将脑袋从黑球的屁股上缩了回来。它想撒腿逃命，但两面悬崖一面峭壁，唯一的那条通道已被豺封死，无路可逃。它一步步朝后退缩，退到花岗岩平台边缘，已无路可退，再退一步就要坠入深渊了。

豺很快就踏上了平台。

豺吃羊就像人类吃豆腐那么容易。

豺已闻到了茜露儿身上那股羊膻味，发出一串奸笑似的吠叫。

茜露儿四肢发软，跪在平台边缘悚悚发抖。

黑球被惊醒了，坐起身来伸了个懒腰，看看面前的豺，又扭头望望缩成一团的茜露儿，似乎悟到了什么，噉——朝老豺愤怒地嗥叫了一声，挪动了一下身体，挡在豺和茜露儿中间。

月光下，豺愣了半天。豺一定是在为一头母羊身边躺着一只幼狼而吃惊呢。豺使劲翕动那只粉红色的肉感很强的豺鼻，嗅闻黑球。黑球身上混合着一股狼的腥臊和羊的膻味，豺脸上露出了困惑的表情，像掉进了云里雾里。

噉呜咿——豺发出恫吓性的吠叫，让黑球闪开！豺感兴趣的是鲜美的羊肉，而不是吃了会卡脖子的狼肉。

茜露儿没指望黑球来救自己。黑球虽然是狼种，但还年轻，站起来只及豺的肩胛高，狼爪还没长锋利，狼牙还没长硬实。但出乎茜露儿的意料，黑球在豺的恫吓面前没一点儿惧色，反而先下手为强，勇猛地朝豺扑了过去。

这真是一场食肉兽之间惊天动地的血腥厮杀。豺咬住了黑球的耳朵，黑球叼住了豺的尾巴，棕红色的豺毛和黑色的狼毛在月光下飞旋。豺在体力上和智力上都占绝对优势，很快，豺就骑压在黑球身上，在黑球的左前腿上咬了一口。黑球惨叫一声，血从尖齿形的伤口漫出。黑球仰面躺在地上，疯狂地踢蹬四肢，好不容易才从豺野蛮的爪牙下挣脱出来，浑身狼毛凌乱，一条腿也微微有点瘸了。

茜露儿战战兢兢地目睹了这场性命攸关的拼斗。黑球领教了豺的厉害，不会再继续横拦在它和豺之间了，它想。力量对比很悬殊，黑球不是豺的对手，黑球一定会夹起蓬松得像扫帚似的狼尾巴逃跑的，它想，对任何动物来说，保全自己的性命都是最重要的。

豺大概也是这么想的，侧转身子，绕到黑球左侧发出驱赶性质的吠叫。很显然，豺是有意让出一个缺口，让出一条生路，怂恿黑球逃命。它不愿和狼纠缠。它想快点吃到羊肉。

受了伤的黑球并不退缩，对豺让出来的缺口连看都不看，仍然像个勇敢的小卫士一样护卫在茜露儿面前。

豺被惹恼激怒了，恶狠狠地朝不识抬举的黑球扑了过来。豺和狼搂抱成一团撕咬。黑球咬住了豺的脖颈，可惜它的狼牙还不够犀利，力气也还不够大，无法麻利地咬断豺的喉管。豺咬住了黑球的肩胛，拼命甩动豺脖，仿佛是要把黑球身上的肉活活撕扯下来。黑球疼得大幅度扭动身体。一豺一狼在狭窄的平台上翻来滚去。滚了两下就差不多滚到平台边缘了，石块泥屑落下断崖，好半天深渊下面才传来物体砸地的沉闷的回响。

豺很快意识到胡乱翻滚的危险，竭力想往后缩，往安全地带滚。黑球却仍拼命往平台边缘靠。黑球虽然幼小，却不乏和豺一起滚下断崖坠入深渊同归于尽的勇气。

黑球和豺小半个身体都吊在平台外了。深渊冒着一股阴森森的冷气。茜露儿一颗羊心紧张得快跳出了嗓子眼。只要再使半把劲，豺和黑球就要一起完蛋了。在这节骨眼上，豺终于气馁了、胆怯了，松开豺嘴，抽回豺腿，退出了格斗圈。这时，豺刚好站在平台边缘，惊魂甫定，气喘吁吁。黑球也一翻身站了起来，位置刚好在内侧，没有停顿也没有喘息，张嘴又朝豺咬去。豺本能地退后了半步，不料一脚踩在一块碎石上，突然一滑，从断崖上翻落下去。

深渊下传来一声绵长凄厉的豺嚣。

断崖上恢复了死一般的寂静。

黑球轻轻走到茜露儿身边，举举狼爪，又甩甩狼头，像是在安慰茜露儿不要害怕。然后，它蜷伏在茜露儿身边，伸着懒腰。

茜露儿看见，黑球浑身伤痕累累，特别是肩胛处那块伤口，被豺牙咬掉了一大块皮，露出白生生的肉，即使创口愈合，恐怕也会留下永久性的疤痕了。茜露儿用羊舌轻轻舔着黑球肩胛上半月形的创口，还用脸颊轻轻梳理着黑球凌乱的狼毛。

黑球大概是累坏了，很快进入了梦乡。呼噜咕叽，睡得好香好沉。

现在，茜露儿又可以轻而易举地用脑袋将黑球顶翻进深渊了，但它放弃了这个血淋淋的念头。

月亮沉下了山峰，启明星升起来了。茜露儿小心翼翼地站起来，最后一次舔了舔黑球的脑门，留下母性的温情与祝福，离开了断崖。

不管怎么说，黑球是狼，它是羊；羊和狼是不能生活在一起的。

11

老天爷帮了大忙。茜露儿刚离开断崖，就纷纷扬扬地下了一场雪。雪遮盖了气味涂掉了蹄印，黑球醒来后想追踪也失去目标了。

它整整跑了一天一夜，翌日东方天际显出鱼肚白时，它已站在日思夜想的神羊峰前。玫瑰色的朝霞笼罩在酷似羊形的石峰上，终年不化的积雪被涂抹上一层嫣红的色彩，远远望去，活像一头健壮的喀纳斯红崖羊。

转过一道山岬，前面怪石嶙峋的石窝窝里传来它十分熟悉的羊咩声，一股好闻的膻味也随风飘来。它陶醉了，恨不得一步钻进它朝思暮想的羊群中去，但它克制住了自己的冲动。它在狼窝待过，和狼共同生活了半年，它身上一定沾染着一股狼的腥臊味。红崖羊的嗅觉是十分灵敏的，哺乳类动物是靠鼻子来思想的，它如果就这样回到羊群，会惊吓到同类，会被视作异类。必须先洁净自己的身体和灵魂，它想。它来到一条小河边，河面结着一层亮晶晶的薄冰。它咬咬牙跳进寒冷彻骨的河里。薄冰碎了，在它的腹部划出一道道伤痕。它冷得浑身发抖，感觉麻木了，血液仿佛也要冻凝固了，但它仍嫌不够，一次又一次在小河里徒步行走，用温热的身体把薄冰层撞得七零八碎。还一次又一次把热胀的羊头钻进冰水里。冰水能洗去它身上那股令羊恶心的狼味，能洗去半年来的屈辱和羞耻，能洗去不堪回首的往事，它在小河里浸泡到太阳落山，这才爬上岸来。羊毛上结了一层冰凌，寒风一吹，冷得连站都站不稳了，还打了七个喷嚏，但它终于使自己还原了红崖羊的本味。

12

茜露儿重新变成喀纳斯红崖羊群里一头美丽的母羊，每天跟随着羊群到尕玛尔草原觅食，又回到神羊峰憩息。渐渐地，它把自己被黑狼掳掠又哺育狼崽的传奇式的经历给遗忘了。这是生活中的一段不愉快的插曲，它应当忘掉的。

冬天很快过去了。

在烟花纷迷的阳春三月，茜露儿和头羊古莱尔再度结合，不久，产下一对健康的小羊羔。一公一母，公的叫沦戛，母的叫珊瑚。茜露儿精心哺育，小羊羔越长越活泼可爱，胖嘟嘟像两只小红球。茜露儿沉浸在母性的喜悦中，怎么爱也爱不够。

头羊古莱尔也很钟爱自己的孩子，常常陪伴在茜露儿身边，让羊羔玩自己的尾巴，教羊羔跳跃奔跑，还教羊羔熟识哪儿种是可食的青草，哪儿种是吃了要丧命的毒草。

茜露儿是头羊古莱尔的爱妻，在喀纳斯红崖羊群中可以说是要地位有地位要青春有青春要容貌有容貌，还有，一对美丽的小羊羔。用羊的标准来看，茜露儿应有尽有，生活十分幸福美满。

要是没有那只凶暴的猞猁闯进羊群，茜露儿会永远成为头羊古莱尔最温顺的妻子和珊瑚、沦戛最称职的母亲的。灾祸像股邪恶的风，吹偏了它生活的帆，改变了它命运的航向。

那是一个暴雨来临的闷热的下午，羊群在头羊古莱尔的率领下，穿行在一条狭长的山谷间，想找个能躲避暴雨袭击的山洞。

突然，隐蔽在一棵大青树丫上的一只猞猁冷不防蹿进羊群。猞猁也是讨厌的食肉类走兽，属猫科动物，比猫大比虎小，银灰色的皮毛间分布着不规则的黑斑。猞猁朝羊群发出一声比猫雄浑比虎柔弱的啸叫，秩序井然的羊群像沸油锅里滴进了冷水，一下子炸开了。

猞猁在混乱的羊群中朝茜露儿的宝贝羊羔珊瑚扑去。珊瑚当时正依偎在它父亲——头羊古莱尔的身边。珊瑚吓得惊叫一声，往古莱尔的腹底下躲藏。茜露儿领着沦戛在二十多码远的地方看得十分清楚，要是这时候古莱尔转身朝猞猁亮出头顶那对琥珀色的锋利的羊角，虽然无法把猞猁赶走，起码能把猞猁吓一跳，迟缓猞猁的扑击动作。茜露儿已经把沦戛送进溃逃的羊流中，已经腾出身来朝古莱尔和珊瑚所处的位置飞奔而去，只要赢得短暂的几秒钟时间，茜露儿就可以赶到珊瑚身边，带领珊瑚逃离死神。

它觉得它对古莱尔的期望并不算高。

猞猁虽然凶猛灵巧，但毕竟是体长不足一米的中型食肉兽。猞猁在同自己差不多高大强壮的成年公羊面前，是不敢像在毫无防卫能力的羊羔面前那样肆无忌惮地进行扑咬的。等茜露儿把珊瑚带出危险，古莱尔再逃也不迟。古莱尔的奔跑速度在喀纳斯红崖羊群中堪称超一流，猞猁是无法追撵上它的。

可是，茜露儿看到的却是另一种景象，古莱尔没胆量转身，也没勇气掩护珊瑚一起逃命。它甚至不敢扭头望猞猁一眼，就蹿跳起来，没命地朝山谷外奔逃，钻在古莱尔腹底下的珊瑚失去了父亲的庇护，孤零零地暴露在猞猁的爪牙下。

猞猁朝前一跃，像张银灰色的网，把可怜的珊瑚罩得严严实实。

等茜露儿赶到那儿，珊瑚已停止了挣扎。

猞猁叼起珊瑚，攀上石岩，很快消失在沟壑纵横的山崖上。

自己辛辛苦苦哺养了两个多月的心爱的小羊羔刚才还活蹦乱跳地在自己面前撒娇，一转眼的工夫便变成了猞猁果腹的食物，茜露儿的心要碎了，卧在草丛中伤心地流着泪。

逃散的羊群见危险已经过去了，便慢慢聚拢来，又形成了一个大家庭。

头羊古莱尔垂着脑袋慢吞吞地朝茜露儿走来，它的表情也很哀伤。

不，你应当为你在关键时刻抛弃珊瑚而只顾自己逃命的行为感到羞愧！茜露儿想。

但古莱尔浅蓝色的羊眼里只有伤心，没有羞愧。

古莱尔走到茜露儿身旁，用漂亮的山羊胡须摩挲着茜露儿脸上的泪迹。古莱尔两条前腿间发达的肌腱贴在茜露儿的颈窝，缓缓蹭动着。它是在用公羊特有的身体语言安慰茜露儿别太伤心了。

过去，茜露儿十分喜欢古莱尔这种爱抚的姿势，淋漓尽致地表达了异性间的温存与深情。但此刻，它却觉得恶心。它讨厌空洞的安慰。它猛地将脖颈一甩，把古莱尔搡出好几步远。

天气越来越闷热，从日曲卡雪山背后飘来一块乌云，黑得发亮，形状像匹张牙舞爪的狼。

突然，茜露儿脑子里闪现出葫芦石洞里黑狼的形象；洞外传来猎狗的狂吠声，洞口投进持枪猎人的身影；黑狼面对着的是比自己强大得多的对手，但为了黑球能活下去，不顾一切地蹿出洞去，用生命为代价把猎人和猎狗引开……

茜露儿早已经把黑狼、黑球和葫芦石洞彻底遗忘了，怎么突然间又会想起来了呢？茜露儿被自己的回忆吓了一跳。这很不正常，它想，它不该把恨入骨髓的狼和倾心爱慕的古莱尔相提并论的。

古莱尔被茜露儿粗暴地搡开后，咩咩咩地向旷野吼叫着，似乎在渲染自己的委屈。

茜露儿觉得自己做得是有些过分了。按喀纳斯红崖羊的传统标准来衡量，古莱尔的行为并没特别值得指责的过错。再健壮的公羊只要嗅到食肉类猛兽的臊臭，便会吓得魂飞魄散，脑子里便会一片空白，只留下一个念头，就是撒开四蹄没命地逃跑。也正是凭借这种恐惧的本能和逃跑的艺术，喀纳斯红崖羊才在弱肉强食的险恶丛林环境中生存下来。食草的臼牙和扁平的蹄子是无法与啮骨的犬牙和尖利的爪子相抗衡的。怎么能用狼的行为规范去要求羊呢？狼就是狼，羊就是羊，生活不是演戏，是不能互换角色的。可是，思维似乎失去了控制，古莱尔抬起屁股扔下珊瑚一溜烟逃跑的镜头，和黑狼挺起胸膛舔别黑球后像黑色的狂飙蹿出洞去的镜头交叉叠映在它的脑海中，挥之不去。

暴雨终于落下来了，豆大的雨珠砸在树干、草叶、岩石和大地上，发出擂鼓般的声响。所有的羊都钻进树丛、崖底和石洞里，躲避狂风骤雨的袭击。只有茜露儿仍躺卧在没有任何遮拦的草丛中，它觉得让滂沱雨水冲刷一番心里还好受些。

第三天夜晚，羊群露宿在神羊峰内的一块草滩上。郁金香散发出馥郁的芳香，被晒了一天的青草暖融融的，大地一片温馨，流萤在清新的略带草莓气息的夜空划出一道道弧形的光亮。这是一个迷人的森林夜晚。公羊和母羊成双成对依偎在草地上，喁喁唧唧，互相倾诉着绵绵情意。茜露儿靠在羊儿沦戛的身旁。沦戛是它的慰藉，也是它的希望。

一个朦胧的身影绕过一对对情侣，来到茜露儿身边。一股它十分熟悉的雄性的膻味钻进它的鼻孔。它使劲翕动鼻翼。它喜欢嗅闻古莱尔身上的味道。

古莱尔热腾腾的身体靠了过来，长着两支琥珀色华丽羊角的脑袋也朝它的脸凑过来。茜露儿快要醉了。美妙的夏夜正是交流生命的黄金季节。它喜欢古莱尔充满情趣的爱抚。它正想发出柔声羊咩以传达自己的爱意，突然间，脑子里又跳动出古莱尔在猞猁面前丧魂落魄的怯懦相。

不，茜露儿不想用大量繁殖来与猛兽对羊群的侵害相对抗。你吃掉我一只羊羔，我生出两只羊羔，这当然不失为一种保持种族生存的有效办法，可茜露儿觉得这样做等于在承认自己是食肉类猛兽享之不尽的食物源。它不愿意去生产食肉兽的候补点心。

茜露儿站起来，领着沦戛，转移到草滩的另一隅去了。

古莱尔发出一声悻悻的咩叫。

茜露儿也恨自己不能随波逐流。要是它没有被黑狼掳掠的特殊经历，它会对古莱尔抛下珊瑚自己逃命的事抱一种听天由命的无所谓的态度。现在不行了。生活经历就像一把雕刻刀，总会在灵魂深处留下无法抹去的痕迹。

13

它把所有的爱都用在沧戛身上。它要把沧戛塑造成一头具有勇敢品性的新型公羊。它晓得，它不可能让沧戛变成神羊峰顶的神羊，长出虎的爪、狼的牙、熊的胆、豹的尾、牛的腰来，但它可以在沧戛身上培养出一种在危难时刻挺身而出的高贵品质，不要一闻到食肉兽的气味就丧魂落魄。它为此不懈地努力着。

有时，羊群在密林中穿行，它故意让沧戛走在队伍的最后头。茂密的树林里不时会发出窸窸窣窣异常的声响，借以锻炼沧戛的胆魄。

有时，羊群穿行在水雾弥漫的沼泽地间，它又故意让沧戛像头哨羊似的走在最前头，用智慧和勇敢在布满一个个深不可测的泥潭沼泽地里闯出一条安全通道来。

有时，大雨滂沱，电闪雷鸣，羊群挤在山崖下互相壮胆，它却把沦戛带到旷野，在暴风雨中行走，在霹雳声中散步。

有时，碰到狐狸、狗獾、灵猫等小型食肉兽，羊群虽然没惊慌逃窜，却也骚动不安。它却强逼着沦戛朝这些小型食肉兽挑衅地奔过去。

很快，沦戛头顶上长出了两支羊角，和头羊古莱尔一样，也是半透明的琥珀色，也是朝后潇洒地弯曲，像两把弯刀。茜露儿觉得，公羊头上的角不应该是一种漂亮的摆设，不应该是在求偶期间向异性炫耀的资本，也不应该是公羊间为争配偶、争地位进行窝里斗的武器。羊角应该是雄性的代名词，应该是在险恶丛林中进行生存防卫的物质基础。锐利的羊角意味着有责任和义务庇护妻子儿女免遭祸殃。于是，茜露儿有事没事就让沦戛在砂石上磨砺羊角，蘸着晨露蘸着夜雾蘸着风雨蘸着冰雪，唰唰唰，磨磨磨，羊角在砂石上迸溅出一簇簇火星，角尖磨得锋利无比，即使面对一张厚韧的熊皮，也能一戳就穿出两个窟窿。

有一次，羊群路过一片乱石岗，突然闻到一股浓烈的尸臭味，走近了一看，原来是一匹老狼倒毙在一块狰狞的怪石背后。老狼身上没有伤痕，犬牙脱落了好几颗，看来是寿终正寝。虽然一颗罪恶的狼心早已停止了跳动，但狼头坚挺，圆睁的狼眼里仍凝固着残忍和狡诈。

尽管遇到的是一匹死狼，但羊群仍惊恐不安地往后退缩。有几头特别胆小的母羊已撒腿奔逃。

茜露儿觉得这是锻炼沦戛意志和胆量的天赐良机。它领着沦戛从远远围观的羊群中站出来，朝狰狞怪石走去。死狼的腥臊和尸臭味越来越浓。出于一种对狼的先天畏惧，沦戛贴在茜露儿的屁股后头，缩头缩脑，四肢颤颤抖抖，悲壮得就像一头家羊走在去屠宰场的路上。

第一次接近狼，胆怯是难免的，茜露儿想。

离死狼还有十几码远时，沦戛停下不走了，善良的羊眼里流露出灵魂出窍的恐慌。茜露儿用身体顶撞，用脑门推搡，咩咩咩咩咩咩，还进行了耐心细致的思想教育，却收效甚微，沦戛仍赖着不走。

看来，必须身教重于言传了，茜露儿想。

茜露儿到底在狼窝里待过，顶得住这股熏鼻的狼味。它轻松地走到死狼跟前，戏弄似的举起一只前足踢踏尖尖的狼嘴，羊蹄敲击交错的狼牙，橐橐橐橐，清脆而富有节奏。茜露儿是在用身体语言告诉沦戛，别看这副浊黄的狼牙尖锐结实，其实已丧失了噬咬的功能，一点儿也不可怕。接着，茜露儿又转过身体，尾朝死狼，猛尥蹶子，咕咚一声，死狼被蹬翻在地，像截枯木一样滚了几下，肚皮朝天躺在一片白色的沙砾上，四条狼腿僵硬地刺向天空。

整个喀纳斯红崖羊群都被茜露儿惊险的表演震呆了，在头羊古莱尔的率领下，咩——咩——咩——朝茜露儿发出一片由衷的赞叹声。

沦戛受到鼓舞，终于又开始移步朝死狼逼近，在茜露儿的催促下，它一低脑袋，将两支磨得尖利锃亮的羊角捅进死狼的肋骨，屈伸了一下羊腿，像举重运动员似的把整匹死狼高高举过了头顶，又重重摔抛出去。

成功了，茜露儿心里真比雪地里意外地寻觅到一丛嫩草更高兴。它觉得沦戛敢于用羊角去挑狼，是喀纳斯红崖羊品性的一次质的飞跃，由怯懦而变得英勇。

这是一次脱胎换骨的考验。

茜露儿当然不会愚蠢到以为沦戛从此就可以用羊角与野狼争雄。羊终归是羊，没这份天赋也没必要拿自己宝贵的生命和狼去开玩笑。但有一点茜露儿深信不疑，将来沦戛娶妻生崽后，万一不幸遇到恶狼袭击，再也不会像古莱尔一样，只顾自己逃命，把心爱的小羊羔送给恶狼当美餐。茜露儿相信，自己精心哺育培育长大的沦戛，在妻儿危在旦夕的关键时刻，一定会摇晃头顶那对弯刀似的羊角，勇敢地接受死神的挑战，与恶狼周旋，在狼牙下救出妻儿，待妻儿逃出危险后，自己再撒腿逃命。

能做到这一点，就是出类拔萃的羊了。

尕玛尔草原上的牧草又一个枯荣轮回。沧戛完全变成一头成年公羊了，体格健壮，心智健全，羊毛绵密细长，红得发亮，配上那对一尺多长的羊角，显得威武潇洒，咩叫声沉浑有力。更使茜露儿感到骄傲的是，由于沧戛曾经用羊角挑起过一只狼，虽说是死狼，但在喀纳斯红崖羊群中也是绝无仅有的惊世骇俗的壮举，因此受到众公羊的敬重和众母羊的青睐，在羊群中的地位几乎和头羊古莱尔一般高了。

茜露儿的心血没有白费。

14

谁也没想到这一公一母两只狼会藏匿在雪堆里面。它们身上盖着厚厚一层雪，和凸凹不平的山地融为一体。伪装得如此巧妙，难怪哨羊发现不了。雪花挡住了哨羊的视线，雪花也捂盖住了恶狼的腥臊味。

灾难就这样酿成了。

茜露儿和沧戛并肩走在羊群的前列，刚刚拐进峡谷，冷不防从雪地里跳出两只恶狼来。要是换了只缺乏丛林生活经验的羊处在茜露儿的位置，根本用不着恶狼费心来扑咬，早就被吓呆吓傻吓瘫痪了。茜露儿到底是饱经风霜的成年羊，又有过在狼窝里当奶羊的特殊经历，虽然也惊骇万分，但总算还能保持住必要的镇静。它尖咩一声，向身后的羊群报警。这时，那只土黄色的母狼已张牙舞爪地朝它扑跃过来。母狼脊背上厚厚的积雪随风纷扬，像穿着一件白色的披风。茜露儿想急遽转身奔逃，但那只毛色黑亮的公狼已机敏地绕到它和沦戛的身后，切断了退路。

整个红崖羊群趁机撤出了峡谷，逃进茫茫草原。

眼看黄母狼已经起跳，就算自己扭身躲闪开这致命的一击，但身旁的沦戛必然会被狼爪搂住脖颈。茜露儿只好孤注一掷，也在一刹那间蹦跳起来，朝黄母狼蹿去。红母羊和黄母狼在空中撞了个正着。假如黄母狼有点思想准备，只用稍稍扭动狼腰，张开前肢，茜露儿这一蹿就等于把自己送进狼嘴里了。幸运的是，黄母狼还没来得及调整自己的姿势。黄母狼以为茜露儿会吓得转身逃命。世界上所有的羊不论是山羊、绵羊、崖羊、羚羊还是其他什么羊在狼的爪牙面前都是这副熊样的；黄母狼压根儿就没想到在以温顺孱弱著称于世的喀纳斯红崖羊群中还有这样一头敢面对面朝狼身上蹿的母羊；判断失误导致措手不及，黄母狼被撞落地面还懵懵懂懂不明白是什么事呢。

茜露儿虽然出其不意地朝前一蹿，使它自己和身旁的沦戛暂时摆脱了窘境，但狼是铜头，它的羊额正撞在狼额上，像撞上了花岗岩，眼冒金星，绝对的轻度脑震荡，幸好逃命意识非常强烈，才没昏眩。它不用回头看就知道，堵截退路的黑公狼也已从背后扑跃上来了，它不敢怠慢，在被撞落地面的一瞬间，忍受着头部剧烈疼痛，趁黄母狼还在发愣，擦着黄母狼的肩胛向峡谷深处没命地奔逃。

沦戛紧跟在它身后。

恼羞成怒的黄母狼和黑公狼紧追不舍。

峡谷地面上都是铺着雪层的碎石，羊蹄滑滑溜溜，磕磕绊绊，影响了逃命的速度。狼越追越近了，狼嘴里喷出的那股血腥混着贪婪的气息热烘烘地洒落在茜露儿和沦戛的尾尖。

茜露儿慌不择路，一头钻进了鹭鸶谷。

顾名思义，鹭鸶谷就是一条又细又窄的小山谷。进口处还好些，容得下两头羊并肩而行，越走越窄，出口处有一段十来米长的隘口刚刚能容得下一头羊通过。

出了鹭鸶谷就是神羊峰，善于攀岩跳涧的红崖羊只要一进入迷宫似的神羊峰，就算是逃出了狼爪。

沧戛加快了速度，和茜露儿首尾相连。

在离隘口还有一百多码远，茜露儿就意识到自己犯了一个无法补救的错误，鹭鸶谷虽然是通往神羊峰的捷径，但狭窄的隘口无法让它和沧戛同时通过，两头羊出现在隘口要么你推我挤谁也别想逃离隘口，要么一头先通过另一头在旁侧等待几秒钟；狼差不多是踏着羊的影子在追撵，耽误几秒钟就等于把自己送进狼嘴去了；先后次序实际上是生死抉择。

要是茜露儿不及时采取劝阻措施，逃到隘口前必然会出现这样的场面，沧戛倏地掉转头去，亮出那对宝刀似的弯弯的羊角，抗击恶狼的扑咬，掩护它先从隘口逃生。但它绝不会用自己宝贝儿子的生命做抵押做赌注自己独自逃跑的，它也会倏地调整身体，掩护沧戛先通过隘口。当然，沧戛会挤它撞它竭力要把它往隘口推，而它要动用母亲的权威迫使沧戛让出死亡的位置。在生与死的选择关头，母与子互相谦让，该是多么动人的情景啊！可茜露儿无论如何也要让沧戛先钻出隘口，它心里很清楚，尽管沧戛羊角已被磨得尖利锃亮，尽管沧戛年轻力壮并不乏拼搏的勇气，却仍然不是两只恶狼的对手，绝不可能在掩护茜露儿逃生后自己又能安全撤离。沧戛必然会在两只狼前后夹攻下很快葬身狼腹的。

茜露儿宁肯自己去死一百次，也要换取沦戛的生！

但假如它动用了母亲的权威后沦戛仍然不肯先钻出隘口呢？在隘口前互相谦让虽然动人却不宜过分，弄不好反被恶狼捡了便宜把它和沦戛一起收拾掉。那才叫冤呢。沦戛是一定不肯抛下它独自逃命的，它想。两年来，它费尽心机就是在培养沦戛面对危险承担起公羊责任的勇敢精神。它相信这种精神在沦戛身上已经根深蒂固。它真有点后悔不该对沦戛灌输那么多关于勇敢关于牺牲关于责任关于义务关于耻辱关心荣誉的正统思想，特别后悔不该让沦戛去用羊角挑死狼。它此刻倒希望沦戛是头稀里糊涂长大的普通公羊，普通公羊不用它谦让就会抢在它前面钻出隘口。

怎么办？怎么办？

蓦地，茜露儿想出个绝妙的主意来。现在沦戛跑在它身后，再跑出几十码远，对，就跑到前面那块鹰嘴形的巉岩前，自己往岩壁上一靠，突然收敛脚步并闪出路来，没有思想准备的沦戛就会一下子跑到它前面去了。这样，就变成茜露儿在后沦戛在前的逃奔秩序，鹭鸶谷已经越来越狭窄，沦戛再想回到它身后是不可能了。跨过鹰嘴形巉岩便是隘口，它要紧紧用脑袋抵住沦戛的屁股，不让沦戛有任何回转身来的机会，一直到把沦戛抵进隘口。当然，这样做极有可能在它把沦戛抵进隘口的同时，恶狼已噬咬住它的羊尾。这没关系，它反正是要死的，被狼从正面咬死和背面咬死都一样，最多延长一些死亡的痛苦罢了。

一眨眼，茜露儿已经接近鹰嘴形巉岩了。它正准备往岩壁上靠，突然，身体左侧被什么东西猛烈挤撞了一下，它没防备，失去平衡，一个趔趄跌倒在岩壁上。肋骨几乎要被撞断了，痛得它靠在岩壁上无法动弹。它以为是黄母狼追上它并扑撞它了，可定睛一看，两匹狼还在好几码远的后头呢。

沦戛"呼"的一声擦着它的身体蹿到前头去了。

是沦戛挤歪撞倒了它！是沦戛为了先它钻出可以逃生的隘口，把它挤歪撞倒了！

不，这不是真的。它想，一定是自己在做噩梦，或者是自己因极度恐惧产生的幻觉！但事实是无情的，它看见沦戛壮硕的身体钻出了隘口，头也不回地奔进了神羊峰。

15

茜露儿受到了两匹恶狼的前后夹击，左右两边都是光溜溜的陡崖，无法攀爬。它是母羊，连可以吓唬一下狼的羊角都没有。它已陷入绝境，除非它插上翅膀，否则是无法摆脱被狼吃掉的厄运的。

嗷——黄母狼冲它嗥叫一声。它明白，这是屠宰的前奏、进餐的铃声。

茜露儿并没被吓得瘫成一坨稀泥。既然死亡无法避免，断绝了生的希望，也就没什么可怕的了。其实，当沦戛把它挤歪撞倒的一瞬间，它的母性的生命已经结束了。它以为自己创造了一件杰作，结果却发现是劣品。它的心早碎了。它默默地伫立着，神态安详娴静，就像是在等待情侣前来幽会。它靠着坚实的岩壁，微微屈起后肢，那双忧郁的羊眼凝视着残忍的狼眼。它把所有的力量汇聚在平滑的羊额上，准备在黄母狼向它扑咬时蹿跳起来迎面撞击。它并不幻想会撞击出什么奇迹，冲开一条生路什么的，它晓得像自己这样一头不长羊角的母羊，在两只恶狼面前，一切反抗都是徒劳的。反抗只能延长死亡的痛苦，但它不愿像普通的红崖羊那样在狼牙下无所作为束手就擒。它不想让这对狼公狼婆吃起它来太顺利。它要给它们咬断它喉咙时制造点障碍，哪怕是微不足道的障碍。它想用自己最后一刻生命来证实自己关于塑造新羊的理想并不完全是乌托邦式的梦幻：世界上还是有敢于向狼牙迎战的羊！

最后的时刻应该是辉煌的时刻。

黄母狼松弛的腹部收紧了，浑圆的臀部撅成锥形，眼瞅着就要起跳扑咬。茜露儿羊的神经绷紧到了极限。

那匹黑公狼蹲在旁侧，或许想欣赏妻子的屠杀艺术，或许想观看羊在生命被褫夺时的丑态。

一股尖啸的西北风从隘口刮来，滑过茜露儿的身体，带有一股羊膻味，漫散开去。这将撩拨它们的食欲，茜露儿想。果然，黑公狼拼命翕动着鼻翼，嗷叽——朝母狼发出一声用意含混不清的低嗥声。

本来已准备扑咬的黄母狼奇怪地蹲坐下来。

这是在搞什么鬼名堂嘛，是不是想玩一种屠宰的新花样？

更奇怪的事发生了，黑公狼匍匐着身体，慢慢地朝它走来，在它左侧右侧和正前方绕了两个来回，表情诡谲而又神秘。

咩！茜露儿愤慨地叫了一声。要吃就吃，何必玩猫捉老鼠的游戏。

突然，黑公狼扫帚般蓬松的狼尾巴笨拙地甩动起来。嗷——咩——狼嘴里吐出一声奇特而怪异的叫唤。

这是狼腔羊调，非狼非羊的叫声！熟悉而又陌生，勾起了遥远的回忆。

茜露儿心里抽搐了一下，也探出羊鼻贴近黑公狼崽细嗅闻了一遍，透过浓重的狼的腥臊味依稀还能闻到一丝羊奶的芬芳。它又朝黑公狼肩胛望去，果然有一块半月形的伤疤。黑球！原来是它曾经哺乳了半年的黑球！这肩胛处半月形的伤疤就是在日曲卡雪山北麓的断崖上和老豺搏杀时留下的永恒纪念。那时黑球才半岁，还是一只幼狼，却勇敢地横挡在它和老豺中间，甚至不惜同老豺一起滚落深渊同归于尽……两年不见，黑球完全长成一只威风凛凛的大公狼了。

在它嗅闻和观察黑球时，黑球蹲在它面前一动也不动，乖得像只羊羔。呦——咩——叫得滑稽可笑，却也悦耳动听。

呦——黄母狼突然凶猛地嗥叫起来。茜露儿晓得，黄母狼是在提醒黑球注意自己是只吃羊的狼，不该在母羊面前黏黏糊糊；是在警告黑球站稳狼的立场，和羊划清界限。

黑球，不，是黑公狼灰色瞳仁里闪烁的喜悦之光熄灭了，朝后退了一步，不仅仅是同茜露儿拉开了身体距离，还拉开了心理距离。

茜露儿并没感到特别失望。本来嘛，它和这只名叫黑球的大公狼之间没有什么血缘关系。黑球没有忘掉它，在闻到它的气味后表现出久别重逢的喜悦，这就足够了。黑球已经不是当年依偎在它怀里吮吸乳汁的小狼崽了，早已变成专干吃羊营生的恶狼了。狼吃羊的本性是绝不会允许黑球放弃这顿到口的美餐的。

黑球缓缓地扭转了身体，把蓬松的狼尾缠绕在茜露儿的羊脖上。也许这是狼的一种告别仪式吧，茜露儿想。很有可能由黄母狼独自担负起屠杀和宰割的任务，而黑球出于一种微妙的心理，扭转身装作什么也没看见。既保持了某种心理平衡，又吃到了新鲜美味的羊肉，黑球何乐而不为呢。

但茜露儿很快发现自己的猜测不完全准确。黑球挡在它面前，把狼头钻进黄母狼的颈窝，摩挲着，叽里咕噜发出一串低嗥。

黄母狼脸上表情急遽变幻，惊奇、困惑、失望、沮丧、愤怒；嗷，它短促地嗥叫一声，喝令黑球让道！冰天雪地，气候异常恶劣，已经好几天没有寻觅到鲜活的食物了，黄母狼早已饿得肚皮贴着脊梁骨。现在最要紧的是解决吃饭问题，一切感情都要服从生存这个最高原则。再说，为了能逮到红崖羊，黄母狼和黑球一起从黎明就钻进雪堆里，冰镇了小半天，都快冻成冰棍儿了，怎能为了虚无缥缈的所谓感情白白放掉这只红母羊呢！

但黑球仍岿然不动，挡在茜露儿面前。

黄母狼“嗖”的一声扑到黑球面前，朝黑球没有致命威胁的腹侧咬去，是要用武力迫使黑球让道。

黑球像座石雕，既不回击，也不躲让。

黄母狼尖利的狼牙咬破了坚韧的狼皮，伤口渗出几粒血珠。

嗷——黄母狼到底还是心疼自己的丈夫，咬了一口便不再继续咬了，无可奈何地长嗥一声，转身飞奔出鹭鸶谷。

黑公狼，不，是黑球，面朝着茜露儿，一步一步朝山谷外退去，退出很远很远了，这才倏地转身，追赶自己的狼妻去了。

16

茜露儿仍呆呆地站在岩壁前。黑球到底没来吃它，还阻止饥肠辘辘的黄母狼来扑咬它。它不晓得该欣慰还是该悲哀。它狼口余生，它自由了。它现在又可以回到尕玛尔草原，回到喀纳斯红崖羊群中去了，那儿有头羊古莱尔，还有羊儿沦戛。但它永远也不想再回去了。

它还有一个去处，就是嗅闻着黑球的腥臊味回到黑球身边去。黑球没有忘记两年前的哺乳之情，一定会接纳它的。但它只是往黑球离去的方向眺望了一眼，便打消了这个荒唐的念头。它天生憎恶习惯于血腥杀戮的狼，即便是吃它羊奶长大的黑球，它也憎恶。

它在雪地里兜着圈，洁净的白雪上被它的羊蹄踩出一个巨大的O。

它开始朝神羊峰高耸入云的峰巅攀爬。没有路，它顺着绝壁上一块块鳞片似的悬石艰难地攀缘而上。荒凉的山崖上，只有一只老雕在凌空盘旋。很快，它就登上了半山腰，爬得比雕巢还高了。终年不化的积雪闪耀着刺目的光芒，羊蹄踏在冰层上，发出清脆的响声。没有树也没有草，举目望去，只有无穷无尽的冰雪，世界一片白茫茫。

它一定要爬上人迹和兽迹都没有光顾过的神羊峰巅，那儿有一头羊脸、虎爪、狼牙、熊胆、豹尾、牛腰的红崖羊，而且是一头对同类善良温顺，对食肉类猛兽英勇无畏的大公羊。它一定要找到它。茜露儿还不算太老，它要和这头杰出的大公羊生活在一起，繁殖出新品质的羊种，既有食草类动物的脉脉温情，又有食肉类猛兽的胆识和爪牙。

它相信一定能找到它。

雪山越来越陡峭，凄迷的雪尘迎面扑来，冷得一腔羊血仿佛快被冻凝固了。空气也越来越稀薄，呼吸变得困难，羊蹄频频打滑，但它仍一步一步朝神羊峰巅攀登。

白皑皑的雪山上，有一个醒目的小红点，像一团燃烧的火焰，在蠕动，在跳跃。

生肖知识

生肖简历

羊在十二生肖中排第八位，从十二地支的角度来看属“未”。在传统的纪时法中，十二地支组成十二个时辰为一昼夜，以子、丑……亥顺序从每天夜里十一点开始，每个时辰有两个小时。未时或羊时指的是下午一点到三点，据说羊在未时吃草会使草生长得更为旺盛，因此称为未羊。羊本性温顺，长有羊角却不好斗，在古代被视为“德畜”。并且古时“羊”与“祥”相同，代表着吉祥。也因此在十二生肖中，羊代表着善良、温和，属相为羊也被看作美好的象征。

对于中国古代的民众来说，羊，意味着富饶和民生，因而被奉为图腾。在最早的货品贸易中，羊还充当一般等价物，相当于现在的货币。羊越多，人就越富裕。古人为了彰显富裕祈求来年更加丰饶，也有年初在门上悬挂羊头的风俗，更有人会把羊作为高端的礼品、聘礼等。

《说文解字》中记载："羌，西戎，牧羊人也，从人，从羊。"意思就是说，羌人是西戎的牧羊人，由人和羊组成。羌人即把羊当成自己的始祖。炎帝姓姜,姜字的上部就是"羊",说明炎帝一族有着放羊、重视羊、崇拜羊的传统，"姜"与"羌"是同源的。姜炎族以羊为图腾之一,这一传统对此后的西北地区羌文化、氐文化有很深的影响。

羊也是正义的化身，东汉唯物主义哲学家、无神论者王充在《论衡》中有一段关于羊的记载：是五帝之一虞舜的臣子皋陶在做刑狱之官时，用素来有"神羊"之称的独角羊——"獬豸"来帮助自己。獬豸疾恶如仇，通人性、懂人言，一眼即可识破是非忠奸。如果发现有奸佞之臣，它就会用角将之铲倒，吞食下肚。由此，"神羊"獬豸在人们心中就成了勇猛与公正的象征，甚至从战国以来，历代执法者都会在官服上绣上獬豸的图案，用来警示自己公正廉明。

羊是六畜之一。对于羊的驯养放牧，最早可以追溯到母系氏族公社时期生活在我国北方草原地区的原始居民。在我国古代关于羊的记载有很多，尤其是对于羊的别名的记载。在我国古代文献中关于羊的别名就有：白石道人、独笋子、胡髯郎、青鸟黄、卷娄和髯须主簿等。

羊，反刍类，偶蹄目，一般公羊都会长有羊角。除了故事中提到的喀纳斯红崖羊，比较著名的羊的品种有波尔山羊、小尾寒羊、杜泊羊、亚洲黄羊，等等。其中我国最优秀的绵羊品种就是小尾寒羊，这是一种价格低廉但却生长迅速、产量极高的品种，一直以来都是我国扶贫项目的首选之一。人类对于羊的饲养有着非常长的历史，羊身体的大多部位都可以食用甚至有药物价值，羊肉属于温补的食材，身体虚弱的人尤其适合食用。

在我国古代，还有因为一份“羊羹”而军队落败、家破人亡的故事。《左传》中记载，楚国派郑国公子归生攻打宿敌宋国，受命迎战的宋国大将华元为了鼓舞士气，在战前杀羊慰劳将士。但是因为一时疏忽，华元忘记了给自己身边的工作人员——车夫羊斟一份。不知是被愤怒冲昏了头脑还是羊的味道太过鲜美，羊斟在战时甚至忘记了自己的责任与家国，任性地将华元乘坐的战车赶入了敌阵，使宋国军队因此大败。

不仅如此，更有因为一份羊羹而亡国的事情发生。

在《战国策·中山策》中记载：一次司马子期受邀参加中山君的宴会，却没有分到羊羹，愤怒的司马子期立马赶到了楚国，说服楚王攻打中山国，自知不敌的中山君只得弃国而逃。因为一杯羊羹，国败家亡，不得不感叹羊肉的魔力。

在古时的河北南部，民间还有“送羊”的风俗。每到了农历六月和七月间，外祖父和舅舅就要给小外甥送羊。最开始的时候送的是活羊，后来改为送面捏的羊。关于这个习俗，还有一个有趣的传说。据说这个风俗和沉香劈山救母有关系。当年沉香劈开华山救出母亲后依然恼恨，时刻寻找机会杀死杨二郎为母亲报仇，杨二郎为了让沉香消气，同时也是表达自己的歉意，每年给沉香送一对活羊(“羊”与“杨”谐音)，因此就有了送羊的风俗。

可以说羊一身是宝。绵羊的羊毛被人们收集以制作衣物，羊毛衫、羊毛披风、皮衣等因其质地柔软，保暖防寒，价格亲民而备受推崇。此外，羊奶更是被称为“奶中之王”，它的脂肪颗粒体积是牛奶的三分之一，利于人体的吸收，研究人员发现患有支气管炎等身体虚弱的人群也十分适合饮用羊奶。对于农民朋友来说，羊粪作为珍贵的有机肥料，也是弥足珍贵的。

生肖神话

在中国的传统文化中，羊不单单代表着温和善良，一直以来更是与“孝”相连，其中最有代表性的就是成语“羊羔跪乳”。这个成语出自《增广贤文》：“羊有跪乳之恩，鸦有反哺之义。”讲的是从前有一只小羊，它的母亲非常爱它，晚上的时候母羊看着小羊弱小的身躯在寒风中瑟瑟发抖，就一直让它躺在自己的怀里，白天的时候母羊看到有别的动物欺负小羊，就赶紧冲向前去用自己的犄角保护它。就这样，小羊一天天地长大，但是母羊却日渐消瘦。一日母鸡看到后不由得说道：“羊妈妈，你为了这只小羊，日渐消瘦，这是何苦？你看我，从来都让小鸡们自己去觅食，这样多省心呢？”母羊却并不赞同，它甘愿为了自己的孩子付出一切，也不感到辛苦。小羊听后不由得感动落泪，虽然这份深情无以为报，但是从此以后小羊每一次吃奶都是跪着的，因为它知道母亲用奶水把它抚养大的不易，这份养育之恩它永远不会忘记。古人就用“羊羔跪乳”这个词来表示连动物都能尊敬父母，人就更应该孝顺长辈，感恩父母。中国更是有一座别名为“羊城”的城市，就是广州市。相传在很久以前，广州城内有一对相依为命的父子，他们一直在山下过着日出而作、日落而息的平淡生活。不想有一年广州突然发生了大饥荒，田地里颗粒无收，所有的稻谷都变得枯黄，毫无生机。眼见家中没有一点儿粮食，当地的官老爷却不在乎百姓的劳苦，照例挨家挨户地收取粮食，甚至把这家的父亲抓了起来，扬言三天内再不上交粮食，就要了他的命。少年很是孝顺，但是凭借他自己的力量根本没有办法凑齐粮食来救自己的父亲，情急之下他不由得痛哭了起来。整整两天过去了，他的哭声都没有停止，只要一想到曾经和父亲生活时的点点滴滴，他的泪水就不受控制地流了下来。终于，他的真情感动了上天，只见从天上飞来五位骑着不同颜色羊的仙人，他们手中拿着谷穗送给了少年，并告诉他只要把这谷粒种在田里，第二天天一亮就会有满满的稻谷生长出来。少年按照仙人的指示去做，第二天，果然看到家中的田里长满了金灿灿的稻谷，它们随风轻轻地点着头，很是漂亮。于是少年赶紧把粮食上交给了官府，官老爷看到后感到事有蹊跷，就强行逼问事情的来龙去脉，少年经不住他的逼迫，就一五一十地说了出来。官老爷听后心中不由暗喜，要是把这五个仙人抓到，岂不是有数不尽的财富了？想到这，他赶紧放了父子俩，吩咐手下去山下抓住仙人们。少年心有愧疚，赶紧抢先一步赶到山下，让仙人们快快离开。说话间，有几个差役已经冲上前来，只见五个仙人腾空而起，瞬间不见了踪迹。而他们留下的五只羊也聚在了一起，变成了一块巨大的石头。时至今日，广州的越秀山上还有着五只石羊，其中一只羊口中还衔着一束谷穗。

关于神羊，还有一个感人的传说。相传在非常久远、人类文明尚不发达的洪荒时代，人类世界上没有稻、稷、麦、豆、麻这五谷的。人们都是靠野草和蔬菜充饥，因而很多人都因为营养不良缺衣少食而面黄肌瘦，还有更多的人为了猎取野生动物而丧生。

当时的人们不知道的是，世界上其实早就有了五谷，那些美味而高产的五谷被玉皇大帝当成私产，种在天宫的御田里，被天兵天将严密地看守着，收获的粮食被天宫的仙女们做成香喷喷的饭，长成的麻被仙女们做成漂亮的衣服，这些都只有神仙才能享用。

有一天，天上的神羊来到人间玩耍，它发现了人间的悲惨。只见饿殍遍地，百姓衣不遮体甚至有的人家已经开始易子相食。善良的神羊非常同情穷苦百姓的悲惨生活，发誓要改变人类的悲惨境地，于是它请求玉皇大帝把五谷的种子赐给人间的百姓。

让神羊没有想到的是，玉皇大帝根本就不在乎人间的疾苦，玉皇大帝告诉神羊，五谷是非常珍贵的，只有神仙才配享用，而人类食五谷就是浪费，并拒绝了神羊的请求。神羊听了玉皇大帝的话非常伤心地离开了，但是它并没有放弃帮助那些可怜的人们，它趁着夜里守卫睡觉的时候偷偷地溜进了种植五谷的田地里，盗取了五谷的种子，藏在嘴里。

第二天，神羊就把五谷的种子送到了人间，并且教会了人们种植的方法。人们很高兴地把五谷种在了田野里，很快到了秋天，五谷成熟了，于是人们有了饭吃，有了衣穿，再也不用挨饿受冻了。为了感谢神羊，百姓们准备了盛大的祭祀活动，人们为神羊准备了丰盛的美食，载歌载舞，欢庆了三天三夜。没想到的是盛大的祭祀仪式惊动了天上的神仙，玉帝对神羊偷五谷种子的事情大为震怒，令天兵杀了神羊，并且交给不明真相的人们食用。

神奇的是，在宰杀神羊的地方，很快长出了青草和小羊，于是羊从此在凡间繁衍开来。为了让人们过得更好，羊只吃青草，并且让人们吃它的肉，喝它的奶。为了感谢神羊为人类的付出，人们推选羊作为十二属相之一，就连讨厌神羊的玉帝也没有办法改变。

生肖在国外

古希腊的《伊索寓言》中也讲述了一则有关羊的故事。从前有一只非常健美的公羊，它有着雪白的毛发和坚硬无比的羊角。有一天，口渴的它来到了一口井的旁边，意外地看到井中有一只狐狸。公羊看着狐狸身下清澈的井水问道："这个水好喝吗？"狐狸笑眯眯地看着它回答道："这水简直是世界上最甘甜的水了，快下来痛饮一场吧！"公羊听后不由得感到嗓子更加干裂了起来，于是毫不犹豫地纵身跳进井中。井水进入公羊的嘴里，一路滋润着它的嗓子，然后饱饱地填进了它的肚子。终于解了这番口渴，公羊才发现自己连同狐狸一起被困在了井里。这时狐狸对公羊说："没事，我早想出了办法。你趴在墙上，我跳过你的后背，踩着你的羊角就可以出去了。待我出井之后，再把你拉上来不就好了吗？”公羊听后采纳了狐狸的意见，于是便配合地趴在井墙上。狐狸踩着公羊的身体，果然顺利地跳到了地面上。但是这时站在井边上的狐狸再也没有了在井中与公羊商量时的和气了，只见它的脸皱在一起，龇着牙嘲笑着公羊的愚蠢，最终毫不犹豫地离开了，只留下了井中绝望的公羊。这则故事是为了警醒人们不要做没有准备的事情，在行动前要先预想好可能发生的后果。

在《伊索寓言》中还有这样一个关于羊的故事。在一座山脚下，也不知道从什么时候一群山羊和狼狗开始生活在一起。山羊们每天白天出门吃草玩耍，晚上和狼狗一起回家，日子过得很舒心。但是山里的狼很不开心，因为狼狗每天形影不离地保护着山羊，让它对羊群无从下手。于是狼想出来一个办法，它伪装改邪归正不再吃羊，又花言巧语地博取了羊的信任和友谊。终于有一天在狼的挑拨下，山羊把狼狗赶出了家门。很快的，山羊们就自食恶果了，原来，狼看见死敌狼狗被赶出去，山羊们失去了保护，立马变了脸，每天抓羊吃。这个时候，山羊才追悔莫及。这个故事告诉我们，交朋友的时候一定要看清楚，甜言蜜语的朋友不一定是真的朋友，它们很有可能是白眼狼呢。

生肖新鲜事儿

1. 世界上第一只克隆羊叫什么名字?

世界上第一只克隆羊名叫“多利”，多利出生于1996年，于1997年向世人公布了它的存在。多利的诞生可以说是轰动了世界，因为它是世界上第一个没有经过精子和卵子的结合，而是采用人工胚胎，直接发育而成的动物。多利是把母羊的乳腺细胞移植到没有细胞核的卵子中发育诞生的，它的存在也同时让人类开启了对克隆人的更多想象。多利也因此成为美国《科学》杂志所评选的1997年世界十大科技进步项目的首位。

多利作为一只克隆羊，它的一生都在研究所中度过，并先后产下了六只羊羔。在2003年，多利被确诊患有严重的进行性肺病，为了减轻它的痛苦，医务人员为它实施了“安乐死”。而进行性肺病作为一种常见的老年绵羊的疾病，出现在年仅六岁的克隆羊多利身上，也引发了人类对于克隆动物是否普遍会出现早衰现象的思考。

2. 羊的瞳孔是什么形状的？

不同于人类圆形的瞳孔，羊的瞳孔是方形的，也就是横向缝状的瞳孔。

对于羊奇特的方形瞳孔，有一种被普遍接受的理论认为这是由于羊普遍居住于山区，在这样的生存环境下，羊要更多地关注上下方向的高速运动。因此，羊所拥有的这种横向缝状瞳孔对垂直方向的运动更为敏感，是动物为了生存所作出的选择。

也正因为这种方形的瞳孔，使羊具有了较之其他动物更广的外围视野，绵羊的宽视角可以达到270°～320°，山羊的宽视角更是可以达到320°～340°（人类的视野范围普遍在160°～210°），这让羊在野外时能更加警觉周围的环境，获取更多的生存机会。

3. 民间所说的“十羊九不全”是什么意思？

时至今日，人们依然相信在不同生肖年份出生的人会带有自己属相所特有的品质。例如属牛的人会更为憨厚朴实，属猴的人多为热情活泼，这种对于生肖所赋予人的特点大多没有好坏之分，但是羊却是一个例外。“十羊九不全”这种说法在民间普遍存在，认为在羊年出生的人大多命格不全，人生坎坷。也因此每逢羊年新生儿的数量就会产生锐减的趋势。

事实上，这种说法是极为不正确的。在中国传统的观念中，羊是纯洁珍贵的象征。“羊”字可与“祥”字相通，“祥”字更是可以写作“吉羊”。由此可见，羊代表着吉祥如意、祥瑞之兆，生肖羊更是象征着安定富足、和谐美好。所谓的“十羊九不全”这种说法，其实是源自晚清。晚清时期，清政府腐朽无能，百姓生活在水深火热之中，人们对于此时正掌权的慈禧太后十分不满，因此连她的属相——羊，都被当作误国的原因，把原本代表祥和的“十羊九福全”这句俗语，改成了“十羊九不全”。而这种说法一直到今天都为大多数人所熟知。

4. 中国饮食中的“羊蝎子”指的是一种蝎子吗？

“羊蝎子”并不是一种蝎子，而是指形状酷似蝎子的羊脊椎骨。相传这一说法可追溯至康熙年间，蒙古的奈曼王爷在一次打猎归来时，途经后院闻到了一阵阵香气扑鼻而来，被勾起了食欲的王爷忙向下人询问这是何等食物，原来是府中新来的厨师为下人们准备的羊脊骨。兴趣十足的奈曼王爷忙要上一碗，尝过后果然鲜香无比，于是就把这形似蝎子的羊脊椎骨取名作“羊蝎子”，加入了食谱之中，随后更是在民间广为流传。

羊蝎子是一种物美价廉的食材，带有里脊肉和脊髓，富含钙质，适合各个年龄段的人食用，温补美味。常常用来做羊蝎子火锅，大受人们的欢迎。

5. 为什么叫“羊痫风”？

我们都知道，有一种可怕的病症叫作羊痫风，病症发作的时候人体会发生抽搐、幻觉错觉、昏迷等现象，甚至有的人会不由自主地咬石头，无意识地抓起身边的草放在嘴里，并且发出像羊叫的声音。那么，羊痫风真的和“羊”有关系吗？吃羊肉会不会被染上羊痫风呢？下面就让我们说一说“羊痫风”。

羊的胆子特别小，又非常害怕雨水，就算遇到下小雨的时候也会匆匆逃避。而如果羊的居所潮湿，羊就会生病甚至晕倒，所以过去的牧羊人必须用柱子做床，让羊居住。就是因为这样，台湾省人把遇到小事就焦急且手足无措的人称为“着惊羊”，而在中医学上把患有痉挛失神、口吐白沫的病叫“羊痫风”或“羊角风”。事实上“羊痫风”的学名为“癫痫”，和“羊”一点儿关系都没有。

6. 羊驼是羊吗?

中国网民恶搞的十大神兽之一，草泥马又名羊驼，那么羊驼是羊吗?

其实你别看羊驼外形与绵羊相似，也是偶蹄目动物，但事实上，羊驼体型虽然小巧，却是属于骆驼科哦。羊驼是南美洲重要的畜类之一，性情温驯适于圈养，机灵通人性，不仅有野生种，还有非常多的驯良种，印第安人把羊驼当作重要的驮役工具。

7. 你知道“顺手牵羊”是怎么来的吗?

在三十六计中有一计叫作“顺手牵羊”。在这句之后的按语是这样说的：只要是大军行动，就会有很多空隙和漏洞可以被我方乘虚而入，在这个时候一定要争取通过这种方式，而不是通过一对一硬碰硬的战斗方式来夺取胜利。只要找准机会，我们在胜利的时候可以乘胜追击，失败的时候也要争取利用这些机会反败为胜。

顺手牵羊是看准敌方在移动中出现的漏洞，抓住薄弱点，乘虚而入获取胜利的谋略。古人云：“善战者，见利不失，遇时不疑。”意思是要捕捉战机，乘隙争利。

顺手牵羊，是一种非常常见的现象，在大多数情况下，都有贪小便宜的嫌疑，都不是那么坦荡和君子的行为。作为一种计谋，顺手牵羊讲究的不是守株待兔，等羊入瓮，而是着意寻找敌方的疏漏，或诱使敌方出现漏洞并进一步利用漏洞，为自己牵羊时能更“顺手”而做足准备。不得不说在各种争斗中，时机是非常重要的，敌方的疏漏往往是我方胜利的契机。

现如今，我们经常用顺手牵羊来比喻趁机拿走别人的东西。但是你知道吗，顺手牵羊还比喻趁势将对手捉住或乘机利用别人。这句成语出自元代尚仲贤的《单鞭夺槊》第二折：“是我把右手带住马；左手揪着他眼札毛；顺手牵羊一般牵他回来了。”

8. 山羊和绵羊是一族的吗?

我们吃的羊有两种，为山羊和绵羊。山羊的机敏众所周知，而和山羊比起来绵羊就蠢得多了。据说，绵羊会下意识地模仿周围绵羊的行为，因此只要身边有一只绵羊做出了什么不当行为很容易蔓延成灾的，牧羊人和牧羊犬的作用不仅仅是保护绵羊的安全，还是为了防止绵羊们做蠢事伤害到自己。那么，山羊和绵羊真的是一族的吗?

首先，山羊产奶比绵羊要多很多。这可能和山羊多数产双胞胎有关系，为了供给两个孩子的温饱，山羊自然要多产一些奶。顺带说一句，羊奶虽然在产量上不能和牛奶相比，但是羊奶有一个优点就是可以冷冻。这是牛奶远远不能及的。

其次，自由放养的山羊对草地的破坏能力比绵羊大得多。这里的原因有很多：①山羊的上唇是可以动的，与牛相比它们更能紧贴地面吃到草根，比牛对植被的破坏大得多；②山羊吃树叶的能力比绵羊强得多，就算是带刺灌木也难不倒山羊；③山羊可以爬到树上或者后腿站起来吃到高处的树叶；④山羊可以用锐利的蹄刨开土壤吃到下面的根和地下茎；⑤相比之下山羊更能奔跑，平均每天9.7千米，而绵羊只有6.1千米，牛则是5.3千米。

山羊和绵羊的区别这么多，它们真的是一族的吗?

事实上，山羊和绵羊还真是差很多。它们虽然同属于羊族但是却分属两个属。形象地说，山羊和绵羊之间的差距就像人类和黑猩猩一样大。

9. 世界上有多少神奇的羊?

在人类与羊漫长的相处时光中，产生了许多关于羊的趣闻，下面就讲几个关于羊的趣事。

报时羊：在北美的山林中有一种叫声很规律的羊，它们每隔半个小时就会叫个三五声，而且误差很小，几乎只有一分钟左右，于是当地山民就根据它们的叫声来推断时间，用来报时。

摆渡羊：索马里南部生活着一种比一般的羊大两三

倍、角弯而眼红的“水羊”。这种羊渡水速度很快，而且常年生活在江湖之中，可以供人们骑乘。当地人就把这种羊当作渡水的交通工具，深得人们的喜爱。

裸体羊：在南美的热带雨林中，生活着一群与我国绵羊极为相似的羊，它们喜爱群居，肉质异常的鲜美，但是与绵羊不同的是，这种羊皮肤呈淡紫色，并且全身无毛。

变色羊：南非有一种会变色的野山羊，它们个头不大，却像变色龙一样，有着适应自然、保护自己的特殊本领。早上的时候，变色羊的毛皮是淡黄色的，中午变成了灰白色，而到了傍晚，它们又变成了原来的白色。

大自然无奇不有，像这样神奇的羊还有喷水羊、双头羊、产羊羔的公羊、产奶的公羊、好斗的羊和彩色的羊，等等。你还知道其他神奇的羊吗？

闯入动物世界

我写动物小说，经常收到读者来信，除了热情洋溢的鼓励外，便是好奇地询问我所写的动物故事是不是亲身经历。我的回答是肯定的。

我十六岁时，刚好遇到知识青年上山下乡运动，城里的青少年通通被赶到农村安家落户，我也在母亲和姐妹的哭泣声中告别上海，来到云南西双版纳一个名叫曼广弄的傣族寨子。

那儿远离市镇，地广人稀，四周都是密不透风的热带雨林，享有植物王国和动物王国的美誉。下田耕作，白鹭和孔雀就在身边盘桓；上山砍柴，经常能遇见马鹿和岩羊。那儿不仅野生动物数量众多，还能感受到人类与动物浓浓的血缘亲情。巫师跳神，使用的就是用虎豹豺狼狗牛马猪羊骡鹿麂十二种走兽的二十四颗髌骨制成的大念珠；寨门雕刻着白象和黑熊，家家竹楼的墙壁上都挂着野牛骷髅；婚礼上的贺词是：新郎像牛一样憨厚，像猴一样机敏，像山豹一样勇敢；新娘像孔雀一样美丽，像双角犀鸟一样贤惠，像银背豺一样善于操持家务抚养自己的孩子。葬礼上的随葬物品大都是木雕的飞禽走兽，仿佛不管是在阳间还是在阴间，与动物相伴才是完整的人生。

当地还流传着许许多多有关动物的趣闻逸事，什么水牛抵死前来扑食牛犊的老虎啦；什么象群在干旱时用长鼻子汲水，帮助一位曾经救过一头乳象的老汉浇快要枯死的苞谷地啦；什么狗熊穿起偷来的人的衣裳，把不明事理的羊群赶进深山啦，这样的故事多得就像树上的叶子，怎么也采不完。

我在曼广弄寨子生活了六年，为了生存，养过牛，赶过马，带着鱼鹰到澜沧江捉过鱼，牵着猎狗到布朗山打过猎，几乎天天和动物打交道，亲眼看见了许多感人肺腑的动物故事。

有一次，我爬到树上掏鸟窝，不小心碰落了马蜂窝，愤怒的大马蜂追得我无处躲藏。我忠实的猎狗奋不顾身地冲上来，朝空中吠叫扑咬，使我得以趁机逃脱，而我的猎狗却活活被马蜂蜇死了。

还有一次，我被一群别名叫红狼的豺狗围困在一棵孤零零的大树上，整整两天滴水未进、粒米未沾，饿得快虚脱了。我养的一只猎鹰从寨子飞到森林里来找到我，又飞回寨子向村长报警，领着猎人把我从绝境中救了出来。

这一段不平凡的生活经历，为我提供了丰厚的创作素材。

我的第一篇动物小说写于1979年，那时，我在西双版纳军分区任新闻干事。有一天，过去同寨插队的一位同学来串门，告诉我一个消息，寨子里那位为土司养了半辈子大象的老象奴死了。我在农村当知青时和那位老象奴很熟，据说他听得懂大象的语言，能和象对话，再桀骜不驯的野象，经他的手调养，也会变成听话的家象。我还曾听他亲口说过，他曾因不忍心让土司来锯象牙而放跑过一头大象。

报告消息的那位同学走后，我夜不能寐，老想着老象奴。他养了一辈子大象，死后应当还和大象有点瓜葛，人生才算画上圆满的句号。我觉得被他放跑的那头大象应当从密林深处跑回寨子，在老象奴的坟墓前哀号三声，以示祭奠。想着想着，想出一篇小说来，取名《象群迁移的时候》。稿子写好后，投寄北京《儿童文学》，半个月就有了回音，编辑来信大大称赞了一番，鼓励我继续写这类有鲜明地域色彩的动物小说。

真正给我在读者中带来声誉的是《退役军犬黄狐》。

1983年春，我到关累边防连队采访。一天，上级命令连队立即派遣一支小分队，到中越边境原始森林拦截一伙武装贩毒团伙。我有幸参加了这次行动。

要出发时，一只在哨所养了十年早已退役的军犬非要跟着我们一起去执行任务。这是一只衰老得快要去见狗上帝的老狗，脖颈和尾巴上的毛都脱落了，脸上有一条三寸长的伤疤，一条左前腿还被弹片削掉一小截，走起路来有点瘸。大家怕它年老体衰会添麻烦，不愿带它去，就把它锁在狗棚里。没想到，我们出发三个小时，刚来到伏击地点，那只老狗不知怎么弄的，竟然从上了锁的狗棚钻出来，出现在我们面前！没办法，只好让它留下。

半夜，那伙武装毒贩果然出现在国境线上。战斗打响后，其他几名毒贩子都被打死或活捉了，唯独有一个毒贩子趁着天黑，滚进几十丈深的箐沟。那条老狗狂吠一声蹿进了箐沟。箐沟响起三声枪声和毒贩子的号叫。我们赶紧下到箐沟，拧亮手电筒一看，那只军犬脖子中了一枪，身上中了两枪，倒在血泊中，但狗嘴还紧紧咬住毒贩子不放。

战士们围在军犬身边唏嘘不已，军犬饲养员反反复复地唠叨："别看它是不会说话的畜生，可它比人聪明，比人还懂感情！"战士们告诉我，这只军犬立过两次战功，狗脸和那条前腿就是被地雷炸伤的。它已退役三年，按照规定，可以回军犬学校颐养天年，终身享有伙食津贴。可它两次从军犬学校跑回哨所来，最后义无反顾地死在战斗岗位上。

第二天，边防连队为这只军犬举行了隆重的葬礼，许多人都流下了眼泪。就在葬礼上，猛然间我心里涌起一股神秘的冲动，觉得这只军犬本身就是一篇非常棒的小说，于是，就写成了《退役军犬黄狐》。这篇作品在上海《少年文艺》上刊登后，我收到上千封读者来信，成了我最受读者欢迎的一篇动物小说。编辑也大加赞赏，说这篇作品立意新颖独特。

我总算悟出一点什么了，文学的新意，不是赶时髦追浪头的新闻学意义上的新，而是作家特殊的生活经历，就是别人所没有的东西。文坛是百花园，假如你也种玫瑰，我也种玫瑰，百花园变成了一花园；虽然玫瑰很名贵，却会因为重复而变得单调乏味。人家种玫瑰，我种矢车菊，虽然矢车菊没有玫瑰娇艳芬芳，却会因品种新而受到人们的青睐。在文学的小路上拥挤，重要的是寻找到自己。

1984年，徐怀中先生在解放军艺术学院创办文学系，并以总政文化部长的身份出任文学系主任，首届招收三十五名学员，我有幸考了进去。我的同班同学中有许多人后来都成了文坛的佼佼者，如莫言、王海翎、李存葆、宋学武、朱向前、黄献国、李本深、崔京生等。

怀中先生的办学方式别具一格，也许可以归纳为三句话：开阔眼界，广泛比较，慎重选择。为此，他以开阔的胸襟邀请各界人士，为我们举办名目繁多的讲座。从卡夫卡的荒诞派、加缪的悲观哲学、萨特的存在主义到人体特异功能，都可以在我们的讲台上一展风采。讲课的形式也让人耳目一新。有的老先生正襟危坐，而有的青年教师则跳到高高的桌子上，手舞足蹈，用别致的身体语言渲染他新颖的见解。有时前后两个讲座刚好观点针锋相对、风格截然相反，迫使我们的思维进行全方位的急遽跳跃。

我感到了前所未有的放松和自由，觉得自己得到了最大限度的精神解放。文学系两年的深造，对我的创作而言，不啻是给了一架登高的梯子。

灌了满脑子五花八门的文艺理论，我很自然地把这些理论当作一面面镜子，对照我以往的创作。我发现自己以前写的动物小说基本上都是在动物和人的恩怨圈里打转，是在人格化的动物形象上原地踏步。再继续写下去，无疑是炒冷饭。再说，西双版纳可写的动物种类已被我写得差不多了。我感觉到了创作危机，老路已经走完，新路还未开挖，急得只想撞墙。

我决心在动物小说这个领域里闯出一条新路来。

在文学系我囫囵吞枣般地阅读了大量生物学、动物学、动物行为学等方面的书籍。其中有四本书对我影响最大，一本是美国的威尔逊写的《新的综合》；一本是诺贝尔医学和生理学奖获得者、奥地利的劳伦兹写的《攻击与人性》；另两本是英国的莫利斯写的《裸猿》和《人类动物园》。捧读这几本书，我有一种跋涉于沙漠巧遇甘泉的惊喜感觉。威尔逊所创立的社会生物学说惊世骇俗的观点对我有一种振聋发聩的效应，而劳伦兹与莫利斯这两位杰出动物学家对动物世界所做的精湛研究，为我观察动物、提炼主题、结构故事开拓了一个崭新的角度。

我发现自己过去对动物的理解很肤浅。动物并不是仅为人类而活在这个地球上的，它们还有一个属于自己的弱肉强食的生存圈，完全可以在丛林法则这个色彩斑斓的舞台上塑造动物的本体形象。

此外，人类社会的许多弊病和问题，例如战争、种族歧视、资源掠夺、两性差异、权力纷争、攻击行为、恃强凌弱等等，既可以用社会学观点在大文化中寻找到合理的解释和答案，亦可用动物学家的眼光从生物层面破译出原始起因。从这个意义上推论，动物小说的认识价值不仅可以超越科普知识，还可以超越“人还不如动物”这样一种照镜式忏悔，完全可以同问题小说、哲理小说相媲美。

基于这两点体会，我写出了短篇动物小说《象冢》和中篇动物小说《暮色》。我自己觉得，这是我动物小说创作的一个新起点。首先，这两篇小说纯写动物，没有人类出现，故事和情节源自动物特殊的行为本身，而不是来源于道德规范。在《象冢》里，母象巴娅面临母爱和情爱发生尖锐冲突时，毁灭情爱而成全母爱；在《暮色》中，豺们为了种群的利益而牺牲年老体弱者。这类主题，触及我们久已掩抑的一些人性层面，引发读者对人自身的生存状态的思索。其次，在写法上，我改换叙述角度，运用严谨的逻辑推理和合情合理的想象，模拟动物的思维感觉，进行心理描写。

这个尝试，应该说是成功的。小说发表后，引起广泛关注，有的评论家指出：这两篇作品都从动物的特性着眼结构故事，对动物行为的自然动机观察入微，蕴涵着深刻的哲理，且没有将动物人化的痕迹，堪称纯正地道的动物小说。

挖十口浅井，不如挖一口深井。我找到了一条属于自己的路，就坚定不移地走下去。从此以后，我基本放弃了其他题材的创作，专心致志于动物小说的创作。当时我已调到成都军区政治部文艺创作室工作，为了获得动物世界的第一手资料和新鲜的生活感受，我把西双版纳野象谷、哀牢山野生动物救助中心、昆明圆通山动物园作为基地，规定自己，无论工作怎么忙，每年必须抽出三个月时间到这三个基地体验生活。

经过数年努力，我陆续写出了一批给我带来声誉的动物小说。《第七条猎狗》《一只猎雕的遭遇》《红奶羊》《鸟奴》先后获得中国作家协会举办的优秀儿童文学奖。

从1993年开始，我的作品陆续被介绍到台湾，至今已累计在台湾出版三十余种动物小说集，十二次获《民生报》《国语日报》《幼狮少年》、台北市立图书馆、台湾儿童文学学会联合举办的“好书大家读”优秀读物奖。

这次现代出版社推出我的动物小说珍藏书系，选辑我数百万字作品的精华部分，这既是对我动物小说创作的一次集中展示，也是对我今后创作莫大的鞭策和鼓舞。

年轻时，不知天高地厚，曾立下过无数雄心壮志。如今年过半百，两鬓霜白，我才明白这样一个浅显的道理：生命苦短，一个人的精力和能力是有限的，一生中能做好一两件事情就算不错了。对我来说，写好我所钟爱的动物小说，能再写出几部让读者认可的作品来，就是我一生最大的快慰了。

获奖纪录

《第七条猎狗》（短篇小说） 中国作家协会首届全国优秀儿童文学奖

《退役军犬黄狐》（短篇小说） 第六届陈伯吹儿童文学奖

《狼王梦》（长篇小说） 台湾第四届杨唤儿童文学奖

《一只猎雕的遭遇》（长篇小说） 中国作家协会第二届全国优秀儿童文学奖

《狼王梦》（长篇小说） 第二届全国少年儿童优秀图书一等奖

《天命》（短篇小说） 1992年海峡两岸少年小说、童话征文佳作奖

《象母怨》（中篇小说） 首届冰心儿童文学新作奖大奖

《残狼灰满》（中篇小说） 首届《巨人》中长篇奖

《沈石溪动物小说自选集》（中短篇小说集） 第三届冰心儿童图书奖

《红奶羊》（中篇小说集） 中国作家协会第三届全国优秀儿童文学奖

《狼王梦》《第七条猎狗》（中短篇小说集） 台湾1994年“好书大家读”优选少年儿童读物奖

《第七条猎狗》（短篇小说集） 台湾《中国时报》1994年度十佳童书奖

《保姆蟒》（短篇小说集） 1996年台湾金鼎奖优良儿童图书推荐奖

《狼妻》（短篇小说集） 台湾1997年“好书大家读”年度最佳少年儿童读物奖

《宝牙母象》（中篇小说） 第十一届中国图书奖

《牧羊豹》（短篇小说集） 台湾2000年“好书大家读”年度最佳少年儿童读物奖

《刀疤豺母》（长篇小说） 第十三届中国图书奖

《藏獒渡魂》（短篇小说） 第十九届陈伯吹儿童文学奖

《鸟奴》（长篇小说） 中国作家协会第六届全国优秀儿童文学奖

《藏獒渡魂》（中短篇小说集） 2006年冰心儿童

图书奖

《斑羚飞渡》（短篇小说集） 国家新闻出版总署2007年向青少年推荐百部优秀图书

《狼王梦全本》《狼世界》（中短篇小说集） 国家新闻出版总署2008年向青少年推荐百部优秀图书